文庫

僕の明日を照らして

瀬尾まいこ

筑摩書房

目次

僕の明日を照らして　5
解説　岩宮恵子　273

僕の明日を照らして

I

ずしりと重い頭を振ってみる。今日は何度か床に打ち付けられたから、まだぼんやりしている。そっと目を開けると、さっきまで僕を殴っていた優《ゆう》ちゃんは、すっかり力をなくして部屋の隅に座り込んでいた。苛《いら》立《だ》ちの塊だった優ちゃんは、今はただの抜け殻になっている。

いつの間にか部屋の中は真っ暗になっていた。かろうじて射していた西日も完全に落ちている。ということは、一時間くらい攻められていたんだ。

原因はなんだったっけ。今日は何をしくじったんだっけ。何をきっかけに、何のはずみで？　ちっとも思い出せないし、思いつかない。まあ、いいや。結局僕にも優ちゃんにも原因なんてわからないし、そもそも原因なんてないんだから。

「大丈夫？」

優ちゃんの乾いた声が聞こえて、僕は何も答えずに顔だけを向けた。

「ごめん……。どうして同じことを繰り返すんだろう」

優ちゃんは少し震えたまま、ぼそりとつぶやいた。

「俺は本当に最低な人間だよな。謝るならしなきゃいいのに、本当に最低だ。俺みたいな人間がいるからだめなんだ」

何度も聞いた台詞。優ちゃんは自分を責めることでしか、この場を乗り切る方法を知らない。早く解放してあげなくちゃ。僕は身体をゆっくり起こした。

「全然、大丈夫だよ」

手と足を軽く揺らしてみる。何ともない。握られたところが赤くなっているけど、明日には消えるだろう。

「ごめん。謝ったってどうしようもないけど」

「いいって。でも、優ちゃん、頭はやめて。マジでくらくらした」

「そうだよな」

「目の前に星が見えたし」

僕は手のひらを目の前でキラキラと動かして見せた。

「ごめん……。冷やしたほうがいいかな」

優ちゃんは恐る恐る僕に近づいて、頭に触れた。ついさっきまで固く握られていた優ちゃんの手は、柔らかく静かに頭の上で動く。

「大丈夫大丈夫。さっきので記憶は三つくらいなくなったけど、どれもどうでもいい記憶だったし、外傷はないみたいだしさ」

「ごめん。ごめんなさい」

優ちゃんは小さくなって頭を下げた。こんなにちっぽけな弱々しい大人を、僕は優ちゃん以外に知らない。

「僕、少林寺拳法とか習おうかな」

「ああ」

「あ、それより気功のほうがいいな。気功だったら、優ちゃんが近づいてくる前に気の力で倒せるし」

「ああ、本当。そうしてくれ」

「うそだよ。今更《いまさら》習い事なんて面倒くさいだけ。それよりさ、ご飯にしよう。殴られたら、おなかすいた」

僕は暗い雰囲気を切り替えようと、てきぱきと台所へ向かった。

お母さんが作っておいた物をレンジで温めて並べるだけだから、夕飯の準備は三分でできる。優ちゃんと僕とで、食卓におかずを並べる。いつもの段取りだ。

優ちゃんは僕のご飯をいつもより大目によそって、自分の分の唐揚げを僕のお皿に載せた。僕は大食いでもないし、唐揚げが好物のわけでもないけど。

そんなに落ち込むなら、キレなきゃいい。謝るぐらいならしなきゃいい。最初はそう思った。どうしてこの人は同じ失敗を繰り返すのだろう。大人なのになぜ解決しようとしないのだろう。そう疑問だった。でも、どうしようもないのだ。どうにもできないのだ。優ちゃんは時々、何かにとりつかれたように僕に襲い掛かる。

もしも僕がまだ小学生だったら、児童相談所や虐待ホットラインに相談しただろうか。そこまでいかなくても、教師や親戚ぐらいには泣きついていただろうか。少なくとも母親には打ち明けたのだろうか。そうして、少しでも解決しただろうか。いや、きっとどれも違う。正しい解決法なんて、心理博士にも教師にも絶対に見つけられない。

唐揚げとコーンスープとポテトサラダ。お母さんの作る料理はまだ僕向けだ。大人の優ちゃんはもっと違うものを食べたいんじゃないかなと、時々思う。

「やっぱりだめだ」

優ちゃんはほんの少しご飯を口にしただけで、箸を置いた。

「だめって何が？」

唐揚げをほおばりながら僕は訊いた。

お母さんは料理がうまい。温めなおしてベタッとなってしまった唐揚げでも、十分おいしい。

「許せないことを俺は繰り返している」

「そうだね」

「俺、もうこの家で生活できない。この家にいちゃいけない」

また始まった。僕を殴り始めてから、何度も聞いた優ちゃんの告白。面倒くさいなあと思いながら、僕は優ちゃんの顔を見た。

「生活できないってどうするの？　お母さんと離婚するってこと？」

「自分のことをなぎさに打ち明けようと思う」

「自分のことって何？」

「何って、隼太《しゅんた》に、暴力を振るってしまうことだよ」

優ちゃんは暴力という言葉を使うとき、少し声が上ずる。

「優ちゃんは大げさだよ」

「大げさなんかじゃない。事実だ」

「これくらいの暴力、そんな深刻に考えることじゃない。けんかや暴力はあちこちで毎日起きてる」

僕は平気さをアピールするために、いくつか身の周りで起きたつまらないけんかを優ちゃんに報告した。

「そういうのとは違う。隼太だってわかってるだろ？　俺は隼太を理由もなく傷つけている」

「だから何？　僕がいいって言ってるんだからいいじゃない。それに、そのうち収まるよ」

こんな会話をしても無駄だ。僕は少しイライラした。

「無理だよ。俺は病気だ。治るどころかどんどんエスカレートしている」

「気のせいじゃない?」

「気のせいなんかじゃないさ。とにかく、なぎさに話すよ。それからどうするかを相談する。これ以上、こんなことを繰り返しちゃいけない。俺は出て行くべきだよ」

優ちゃんは少し力強く言った。常識的に考えれば、優ちゃんは一刻も早く出て行くなり、病院に通うなりして、この状況を解決させなくちゃいけないのかもしれない。だけど、僕は嫌だった。

「僕は認めないよ」

「どうして?」

「お母さんが悲しむ」

「そんなことない。俺が出て行ったってなぎさは平気だ」

優ちゃんはあっさりと言った。確かにあの人なら、そうかもしれない。僕は他の提案をした。

「家族の人数は、一人でも多いほうがいいじゃん。優ちゃんが来てからのほうが、前よりも楽しい」

「いらないものはいらないんだよ。歯だって、虫歯がひどくなったら、抜いたほうがいい。置きっぱなしにしておくと痛いだけだ」

「歯と一緒にしないでよ。いやだなあ、優ちゃん」

僕は話が深刻化するのを防ぐために、げらげら笑った。けれど、優ちゃんはちっとも笑わずに、僕の目を覗《のぞ》き込んだ。

「隼太、ちゃんと考えろよ」

「何を？」

「俺がいなくなれば、殴られないで済むんだよ」

僕は目を逸《そ》らさずに、優ちゃんの目を強く見つめ返した。

「だから？　殴られてるのは、僕なんだ。被害者は僕だよ。この状態をどうするのかは僕が決める。暴力振るうだけ振るって逃げるのは卑怯だよ」

「卑怯かもしれないけど、どうにもできないんだ。俺はまた隼太を傷つけてしまう。このままだったら、隼太はまた俺につらい思いをさせられるんだよ」

僕だって、殴られるのは嫌だ。ただただ痛い。突然豹変して、止まらなくなる優ちゃんは恐ろしい。

でも、僕はもっと怖いものを知っている。優ちゃんが「出て行く」という言葉を発するたびに、いつも頭に浮かぶのは一人で過ごしていた夜だ。

僕の中にある最初の記憶は、泣いている夜だ。部屋じゅう必死で誰かを探しながら、泣き叫んでいた真っ暗な夜。声を上げても家じゅう歩き回っても、誰も手を差し伸べてくれない、全てから切り離された深い夜。

僕が物心付いたときから、お母さんは夜も働きに出た。寝かしつけられたはずの僕の目は、お母さんが出て行くと同時に覚めた。目覚めてからお母さんが戻る朝方まで、僕はたった一人で夜が終わるのを待った。最初は怖くてひたすら泣いた。だけど、お母さんは帰ってはこなかったし、静まり返った夜は何も変わらなかった。解決策なんて一つもない。延々と闇が続くだけだ。明け方がやってきて、救われるのもつかの間。また、同じ夜が必ずやってくる。優ちゃんが来るまで、僕はそんな夜を何年も何年も過ごしてきたのだ。

「優ちゃん、治してみよう」

「え？」

「一緒に治そう」

「無理だよ」

「暴力は不治の病じゃないだろ。今の世の中、癌だって治るんだから。暴力なんてしれてるよ。とにかく、お母さんに言うのも、出て行くのもだめだ。どうしようもないくらいひどくなれば、どうせ周りにばれるから、それはそれから考えようよ。いい？」

僕の提案に、優ちゃんは何も答えなかった。僕はもう一度念を押した。

「殴るだけ殴って、自分の都合で出て行くとか、最低だよ。そんなこと僕は絶対に許さない」

「ああ……」

「いいよね、優ちゃん。これだけ僕を傷つけてるんだ。裏切らないでよ」

「あ、ああ」

優ちゃんは心細そうにうなずいた。

2

「上村《うえむら》、じゃなかった、神田《かんだ》」

タナケンが僕を呼んだ。

「いい加減覚えろよ」

僕はうんざりしながら、タナケンのほうにそっと顔を近づけた。みんなが騒々《そうぞう》しいからしゃべっても目立たないけど、一応英語の授業中である。しかも僕とタナケンは一番前のど真ん中の席だ。

「だって、何十年も上村って呼んでたんだよ。今更無理」

「何十年って、タナケンと僕って、小学五年のときからしか同じクラスじゃなかったじゃん。まだ四年しか付き合ってない」

「へえ。そうだったんだ」

「どうでもいいけど。何？」

「明日の五時から予約しといて」

「どっち？」

「俺が行くんだぜー。決まってるじゃん」

「タナケンだから迷うんじゃん」

田辺健一は、小学校の頃のあだ名が中学校でも定着している。他の小学校から来たやつも、一年生のとき違うクラスだったやつも、自然に「タナケン」と呼んでいる。教師の中にも「タナケン」と呼ぶ人がいるくらいだ。僕は小学校のときからずっと苗字で呼ばれている。仲の良い友達にも、先生にも苗字以外で呼ばれたことがない。

「ほらほら」

タナケンは、僕の目の前で口を大きく開いて見せた。

「本当だ。アルコールが不足してる」

「そんなわけないだろう。ちゃんと見ろよ。下の右の歯」

「どことなく黒っぽくなっている感じはするかな」

「どことなくって、一週間前からちくちくするんだ。重症だぜ」

タナケンは頬を押さえた。

「わかったわかった。優ちゃんに言っとく」

「よろしく。上村が神田になって、すごく便利」

「そりゃどうも」

二年生に進級すると同時に、僕は上村隼太から神田隼太になった。そして、スナックローズの息子だった僕は、スナックローズの息子兼神田歯科の息子になった。

「何か、先生かわいそうだなあ」

タナケンの声に教壇のほうを見ると、英語教師の村井《むらい》が顔を真っ赤にしていた。

おとなしい先生はすぐになめられる。新年度が始まって一ヶ月と少し。なめていい先生が誰なのか。僕たちはもうわかってしまっていた。

やんちゃな男子が教室をうろうろしながらでかい声でふざけて、女子もそれぞれの話に盛り上がっている。村井は「ちょっと、聞いてください！」と、訴えてはいるが誰も聞いてはいない。

僕だって勉強は嫌いだけど、無駄に過ぎるこういうだらけた時間はもっと嫌いだ。五十分の授業時間がより長く感じる。中学生の僕らぐらいちゃちゃっと怒鳴《どな》って、次に進めてくれたらいいのに。だいたい「ちょっと聞いてよ」って声自体が小さすぎる。遊んでいる男子の耳に入るわけがない。

本木《もとき》や橋本《はしもと》たちは走り回りながら筆箱の取り合いを始め、ちょっと大人びた女子が「先生なんとかしてくださーい」と、いやみな声で言い出した。授業終了まで後二十分。ずっとこの調子だったら、やばい。そろそろ隣のクラスの先生に怒鳴り込まれそうだ。そして、終礼で担任にだらだらと説教されるのがオチだ。

「いい加減にしてよ！」

ついに村井は声を張り上げた。精一杯の叫び声だったから、今度は教室の隅までちゃんと届いた。ところが、叫ぶだけ叫んだ村井は、今度は目を真っ赤にして涙をこぼした。涙にぎょっとしたのか、騒いでいた連中は、「冗談だって」「ごめんごめん」と慌てて席に戻った。女子もさすがに話をやめて、教室がしんとした。それなのに、村井はまだ涙ぐんで何も言わない。せっかくの授業再開のチャンスなのに、これではなかなか先に進まない。

だいたいこの人はどうして教師になったんだろう。中学生が扱いにくいことぐらい、誰だって知ってる。これくらいで泣くんなら、向いてない。僕はだんだんイライラしてきて、

「ねえ、やるならやるでさっさと授業したら？　泣くんだったら自習にするとかさ」

そう言っていた。

別に悪口を言ったつもりも、反抗したつもりもなかった。ただ、早く何とかするべきだ。そう思っただけだ。でも、村井は本当に困った顔になった。しばらくうつむいた後、「ワークの二十三ページをやっておいてください」と言って、教室を出て行った。

残念ながら、心は痛まなかった。僕は悪いことはしてない。そっか、そうなんだ。この人はこういうことで傷つくんだと他人事のように思っただけだ。

「神田って小学校のときからズバリ人を刺すこと言うね」

小学校低学年の頃からずっと一緒だった本木が言った。

「そうか」

特に自覚がないから、僕は首をかしげた。

「うん。そういうところだけは、すぐれている」

タナケンも偉そうに言った。

「何か神田君って、大人びてるんだよね」

「さすがに村井ちゃん、ちょっとかわいそうだったな」

みんなは特に僕を非難するわけでも褒《ほ》めるわけでもなく、あれこれ言った。

「ただいま」

重々しいドアを開けて中に声をかけると、「いらっしゃい」と「お帰り」が一緒に返ってくる。

毎日学校帰りに、僕はスナックローズに寄る。部活を終えて店につく頃、お母さんはちょうど開店準備中だ。

スナックローズは、お母さんと四十すぎの美雪《みゆき》おばさん、二十代後半の靖子《やすこ》姉ちゃんの三人で切り盛りしている小さなお店だ。薄暗い明かりと重厚なじゅうたんに安っぽいソファ。いかがわしい雰囲気も漂っているけど、おじさんだけでなく、おばさんたちも飲み会に使う割と健全なお店だ。料理と口がうまいお母さんを目当てに来る人も多く、そこそこ繁盛していた。夕方五時から夜中三時すぎまでお母さんはここで働いている。

「あとはそうだなあ。あ、部活で高跳びの練習した」

「すごいじゃん。どれくらい跳べるようになったの？」

「まだ１４５ｃｍ。あと少しで１５０が跳べそうかな」

ここで一日のことを報告するのが昔からの僕の日課だ。かなり面倒くさいけど、小学校のときからの慣わしだし、そうすることでお母さんが安心するのだから仕方ない。さして事件が起こるわけでもない日々の学校生活を報告するのは、なかなか難しい。今では出来事を小分けにして翌日に話を持ち越したり、嘘にならない程度に装飾して大げさにするという技法も身につけている。

「おばちゃんも中学のとき、陸上部だったのよ」

「本当に？　まったくそう見えないけど」

そう言う僕の頭を、美雪おばさんは「失礼しちゃう」とこづいた。

「おばちゃんは長距離専門だったの。駅伝選手にも選ばれたんだから」

「へえ。僕は長く走るのはやだなあ」

「隼太は短期集中型だもんね。一度、隼太が跳んでるとこ見たいわ。さぞかし格好いいんだろうね」

「そんなことない。ダサいよ」

「照れちゃって。隼太、背も伸びてきたし、きっと飛び魚みたいに跳んじゃうんだろうなあ」

美雪おばさんは大げさに目を細めながら言った。

「照れてないし、そもそも僕、飛び魚なんて目指してないから」

なんていう喩《たと》えだ。僕が顔をしかめると、

「あらまあ、反抗期」

と、靖子姉ちゃんがくすくす笑った。

「反抗期？　こんなに素直に話してるのに？」

「そうね。反抗期でも隼太は素直でかわいい」

靖子姉ちゃんも美雪おばさんも、僕を猫かわいがりする。美雪おばさんは、昔子どもを亡くしているし、靖子姉ちゃんは、離婚して子どもをだんなさんに持っていかれてしまっている。そのせいなのか、僕にたっぷり愛情を注ぐ。

「他には？」

お母さんがテーブルを拭いていた布巾を片付けながら言った。

「まあ、そんなもんかな。あとはいたって平和だった」

「そう、じゃあＯＫってことね」

「うん。バリバリＯＫ」

これでお母さんの確認作業は終了。僕も任務から解放される。

靖子姉ちゃんの言うとおり、中学二年生の僕たちは反抗期真っ盛りだ。本木は親と二週間口をきいていないと言うし、「うざい」や「死ね」という言葉をみんな平気で親に言っている。もう大人になりつつある僕たちには、かまってくる親がうっとうしくてたまらないのだ。もちろん、僕だって同じだ。時々お母さんにイライラする。放っておいてくれと言いたくもなる。だけど、反抗したってどうしようもない。結局、面倒なことになるだけだ。百害あって一利なし。少し学校のことを話して、ちゃんと返事するだけでスムーズにいくし、お母さんも良い気分でいられる。どうしていちいちそこをややこしくするのか。僕にはそのほうが不思議に思えた。

「よし、そろそろ開店しようかな」

七時五分前。お母さんが僕にかばんを手渡した。

「本当だ。おなかすいてきた」

「今日の夕飯はエビチリだよ」

「やったね。じゃあ、三倍速で帰る」

僕はかばんを肩に提げた。

「そんなことができるの」

「うん、五倍速までは」

「さすが陸上部。じゃあ、あとで。気をつけてね」

お母さんはいつも僕を見送るついでに表の電灯をつけに行く。そして、そのまま僕の姿が見えなくなるまで手を振る。さっさと店に入ってしまえばいいのに、これもまたお母さんのこだわりだ。僕は愛想程度に二度ほどお母さんのほうを振り返って、手を振った。

店から十五分も歩けば、家に着く。春の真ん中五月の夜は、暗くてもふんわりしている。

小学校低学年までは、仕事に出るお母さんを僕が家から送り出していた。高学年になってからは、僕がお母さんに見送られてこの道を帰った。僕は夜道を歩くことは昔から平気だ。空っぽの家に帰ることに比べたら、人攫《ひとさら》いも野良犬もどんと来いだ。前までの僕はいつでもゆっくり遠回りをしながら夜道を帰っていた。

優ちゃんとお母さんが結婚するって聞いたとき、やった、と心底思った。お父さんは僕が生まれてすぐ死んだから、記憶にない。父親がいない生活のシステムしか知らないから、お父さんが欲しいという気持ちもほとんどなかった。けれど、嬉しかった。優ちゃんはお母さんより三つ年下で、まだ三十代前半で若くて、優しくて、格好良かった。その優ちゃんが家に来てくれる。そのことに単純にわくわくした。

優ちゃんは、家から二十分くらいのところにある神田歯科の先生だ。神田歯科は、この辺の人たちの行きつけの歯医者で、僕も小さいときからお母さんに連れられてよく通った。優ちゃんは、治療の前に必ず「大丈夫。絶対痛くないからね」と言い切った。実際優ちゃんの治療は、あっという間に終わった。近所の子どもたちと同じように、僕は神田歯科の優ちゃんが好きだった。

どうやって恋に落ちたのか、どういう経緯で結婚にいたったのか。あんまり興味はない。時々靖子姉ちゃんが面白おかしく話すときもあるけど、お母さんが歯医者に行くようになって、優ちゃんがスナックに来るようになって、違う場所でも会うようになった。そういうことだ。

僕が六年生になった頃から、優ちゃんはお母さんに連れられてよく家に来た。とってつけたように、三人で遊園地や映画に行ったりもした。優ちゃんが着々と僕との距離を縮めようとしているのもわかったし、お母さんがお父さん的なものとして優ちゃんを扱うのもわかった。だから、僕も同じように努力した。

「女手一つで育ててるんだから」

お母さんは僕によくそう言った。普段から堂々と父親がいない大変さを僕にアピールした。もちろん、いやみではなく「だから、頼むね」という激励《げきれい》の意味だ。そして、その言葉はお母さんが想像している以上に、威力があった。

「女手一つ」の家じゃない子どもに、絶対劣ってはいけない。僕はそう毎日を慎重に生きてきた。僕なりにやるべきことをしっかりやってきた。だけど、やっぱり「女手一つ」という言葉は重荷で、「女手一つ」じゃなくなったら、どんなにいいだろうと、ずっと思っていた。

お小遣いが増える。生活が安定する。優ちゃんが来る経済効果はいろいろあった。でも、一番のよいところは、「女手一つ」という縛りから解放されること、夜一人ではなくなることだ。成績が悪くても不良になってもOKになり、僕の夜にちゃんと灯りがともるようになったのだ。

そろそろ優ちゃんが帰ってくる時間。三倍速は無理だけど、僕は少しだけ足を速めた。

3

「また出た！　トラウマ」

まじめな優ちゃんは僕の「治そうよ」という声を真に受けて、虐待に関わる本を買ってきた。そして、お母さんに見つからないようにこっそりそれらの本を読むことが、僕と優ちゃんの日課になった。スナックローズが休みの日曜日以外は、眠るまで僕と優ちゃんは二人だ。六月になって日も延びて、二人の時間はたっぷりあった。

本の内容はどれも難しすぎて僕には意味不明だったから、いつも手当たり次第にペラペラめくって、目に付いたところだけを読み上げた。

「どれどれ」

優ちゃんは僕の本を取り上げた。

「ほら、ここ。トラウマは虐待界のホープだねえ」

僕は茶化した。

優ちゃんは、虐待とか暴力という言葉に萎縮する。けれど、深刻になったらなっただけ、はまってしまうだけだ。「僕たちの問題に触れるときは、なるべく軽くおもしろく」僕はそう決めていた。

「そう言われたら、俺もトラウマかもしれない」

優ちゃんも僕のまねをして、少しだけ陽気な口ぶりで言った。

「優ちゃん、お父さんに殴られたことある？」

「あるある。俺の親父はすごく厳しい人だったから、何かあるとよく殴られたよ」

「へえ。そうだったんだ」

普段の優ちゃんがおっとりしているせいか、それはなんとなく意外だった。のんびりした家族の中で育った人だと思っていた。

「親父は偉大だったから、大きくなってからも口答えできなかったな。兄貴は優秀だったから滅多に怒られなかったけど、俺はよく怒られた」

「そうなんだ。かわいそう」

「そんなことないよ。よくあることじゃないかな」

「それでも殴られるのはかわいそうだよ。しかも優ちゃんだけ」

僕は本心で言った。

「そんなこと言ったら、隼太は悪いことしてなくても殴られる。もっとかわいそうだよ。俺のせいで」

優ちゃんは目を伏せた。まったく、大人のくせに優ちゃんはすぐに暗い雰囲気にのまれてしまう。仕方のない人だ。

「そんなことは置いといて。で、そのトラウマガイドブックはなんて書いてあるの？」

「え？」

「だから、トラウマがどうしたって？」

僕は優ちゃんの本を覗き込んだ。

「えっと、親に殴られたことがトラウマになって、虐待を繰り返す人が30％もいるんだって」

「30％か……。ふうん。たったそれだけ？」

「それだけって三割だよ」

「三割ってことは十人に三人だろう。少ないじゃん」

「そうかな？」

優ちゃんは首をかしげた。

「うん。全然当てにならない。つぎつぎ。もっと画期的なこと書いてないかなあ」

僕は次の本を手にした。何％であったって、そんな確率に当てはめても解決しない。優ちゃんに余計な暗示がかかるだけだ。

「お、これはどう？　テンカウント法。キレる前に十秒数えてみるんだって。単純です
ぐ実行できそうじゃん」

僕はイラスト付きのページを見つけた。

「そんな余裕ないよ。キレてるときは、何も考えられなくなってるから」

「だね。優ちゃん二秒でキレるもんなあ……。じゃあ、これは？　バルコニー法。キレている自分を離れた場所から見つめてみるといいんだって、うーん。これは難しいかもな。まず先に幽体離脱をマスターしなきゃいけないもん」

「そういう意味じゃないよ。自分を客観的に見てみると、怒っているのが馬鹿らしくなって冷静になれるよってことだろう」

「なるほど」

「でも、そんなときに客観的になるなんて、十数えるより難しい。俺にはどれもなかなかできそうにない」

優ちゃんは申し訳なさそうにため息をついた。

「じゃあじゃあこれは？　とりあえずスマイル法。怒っていても笑顔を作ることで大脳が楽しかった記憶を探し出して怒りが収まるんだって……。ああ、だめだこれ。キレてる優ちゃんに笑われたら、僕、恐怖で倒れちゃうから」

僕も優ちゃんと同じようにやれやれとため息をついた。

世の中にはキレるのを治す方法がいろいろある。だけど、どれもこれも本気でキレてる人には通用しそうにない。

「やっぱり、俺ってどうしようもないのかもしれない」

根性なしの優ちゃんは、投げやりに言った。

「そういうふうに言うのやめてよ。えっと、これは面白そうだよ。突然キレる人って、人格が分裂してるんだって。ということは、いつも同じ性格になればいいってことだよね」

僕は新たな情報を見つけた。

「努力しなくても、いつも同じ性格のつもりだけど」

「そう？　僕なんか、学校では相当大人ぶってるし、スナックローズではかなり子どもぶってる。うん。ちゃんと分裂してるよ」

「隼太っておもしろいやつなんだなあ」

「優ちゃんだって、外と家では違うでしょう？」

「それはそうだな。歯医者の俺は普通で、家ではっていうか、隼太の前では最低な人間だ」

優ちゃんはまた勝手に沈み込んだ。まったく世話が焼ける。

「分裂なんてみんなしてるから、この案は却下だね。でも、優ちゃんが周りに気を遣いすぎだっていうのは、僕でもわかる」

「そんなことないけど」

「そんなことあるよ。優ちゃん、もっと適当にすればいいんじゃない？　そしたら、ストレスがなくなってキレなくなるかも」

何度も見たことがあるわけではないけど、病院で優ちゃんが助手の人や患者さんにとる態度は、丁寧すぎる気がする。キレてないときの優ちゃんは、優しすぎるのだ。

「適当にねえ。そう言われてもなかなか難しい」

「そうだ！　嫌われてもいい人リストを作ろう」

「嫌われてもいい人リスト？」

「そう。嫌われてもいい人の名前をどんどん書き出すの」

僕は早速マジックと紙を持ってきた。

「何だか、性格が悪くなりそうな取り組みだな」

「嫌いな人じゃなくて、嫌われてもいい人を書き出すだけだから大丈夫。嫌われてもいい人に気を遣う必要はないでしょう？　そうやって、気を遣う人を減らしたら、その分ストレスが減るじゃん」

「そっか。そうだな」

優ちゃんは、素直にうなずいた。

「じゃあ、まず患者さんはどう？」

僕は紙に「患者」と書き込んだ。

「やっぱり嫌われたら困るかな」

「えー。どうして。どうでもいいじゃん。治してやってるんだから」

「わざわざ来てくれてるんだから、満足してほしい」

「あっそう」

　僕はしぶしぶ患者の横にバツをつけた。

「じゃあ、次は助手。これは、どうでもいいだろ？」

「まあ、そうだろうけど、やっぱり一緒に働く人とはうまくやりたい」

「雇ってあげてるのに？」

「うーん、でも、嫌われたらもっとしんどいよ」

「難しいなあ……。あとは誰がいるっけ、友達は？」

「嫌われると困る人と友達になってるわけだし」

　優ちゃんが言って、僕は友達の横にもバツをつけた。

「お母さんには嫌われたら困るだろうし、って、優ちゃん全然だめじゃんか」

　これでは、嫌われてもいい人リストは成立しない。こんなのだから優ちゃんはストレスを溜めるのだ。僕はマジックをくるくる回した。

「隼太は？　嫌われていい人なんているのか？」

「いるいる。いっぱいいるよ。っていうか、ほとんど嫌われても、ＯＫかな」

「そうなの?」

　今度は優ちゃんが驚いた。

「そうだよ。まずは、担任の岩村《いわむら》。どうぞ嫌ってくれって思うし、陸上部の顧問。先輩。もう問題外。クラスメートだって、ほとんどはどうでもいいし……」

「じゃあ、逆に隼太が嫌われたくない人って誰?」

「うーん」

　考えてみて、僕は嫌われたくない人がいないことに気づいた。

　タナケンや本木とは仲がいい。一緒に遊べなくなったら、ちょっと困る。けれど、嫌われたくない、という感覚ではない。嫌われたら嫌われたで、違う友達は探せる。いつもすぐそばに、同じ年の中学生がわんさかいるのだ。お母さんに嫌われたら、どうだろう。それは考えにくいけど、わざわざ嫌われるのを阻止しようとは思えなかった。

「いない」

　僕がそう言い切ると、「隼太は強いんだな」と、優ちゃんは本気で感心した。

「こんなの強いって言うのかな。嫌われてもいい人がほとんどいない優ちゃんのほうがすごいよ」

「そうかな」

「うん。だって、優ちゃんが嫌われてもいい人って、僕くらいでしょう?」

「嫌われたくないよ」

「へ？」

「隼太には嫌われたくない。さんざんひどいことしてるけど、隼太には嫌われたくない」

優ちゃんは熱っぽく言った。

一緒にあれこれ話していたのに、僕には嫌われたくない、そう言っていたのに、夕飯を食べ終えた優ちゃんは突然キレた。

「お風呂に入りなよ」

「いい。もうちょっとあとにする」

優ちゃんの呼びかけに、ソファでテレビを見たまま僕は答えた。

「冷めるからさ」

「いいよ」

テレビではクイズが出されていて、答えが気になった。僕は画面に集中していて、優ちゃんの表情を読めていなかった。

そのときだった。優ちゃんの低い乾いた声が響いた。いつもの柔らかい声とは全然違う声。そう、スイッチが入ってしまったのだ。

「入れってば」

しまった。僕が身体を起こすと、優ちゃんの赤くなった目があった。顔つきはがらりと変わっていた。優ちゃんは一瞬にして見事に変化する。こうなったら、もう取り返しがつかない。

さっさとお風呂に行けばよかった。優ちゃんは計画が崩れることが嫌いだ。それを知ってるはずだったのに。今日はいろいろ考えたから優ちゃんは疲れている。そうわかってるはずだったのに。もう遅かった。

僕は少し後ずさりをして、優ちゃんとの距離をとった。

「どうして逃げるんだ?」

おびえることは、優ちゃんの怒りを増殖させる。

「逃げてないよ」

僕は表情を変えないように気をつけて、一歩一歩後ろへ下がった。ダッシュして二階の自分の部屋まで逃げる余裕があるだろうか。いや、きっと無理だ。その前に押し倒される。優ちゃんは、僕が後ずさるのと同じペースで一歩一歩近づいてくる。どうしよう。僕の喉《のど》はどんどん渇いた。

何度か使って失敗したけど、あの手を使ってみよう。一か八かだ。どっちにしても、殴られるんだから、何でもやってみる価値はある。

僕は突然思い出したかのように手をぱちんと打って、大きな声を出した。

「あ、そうだ！　優ちゃん！　患者さんにさ、池山《いけやま》さんっているでしょう」

「は？」

「ほら、池山さんだよ。その池山さんところのおばちゃんがさ、今度遊びにおいでって言ってたんだ。ケーキ焼いてくれるらしいよ。優ちゃんも一緒においでって言ってくれてた。あのおばちゃんの焼くケーキってかなりおいしいからさ」

僕はどうでもいい池山さんの話を、口早にまくし立てた。息継ぎもせず、作り話を続けた。

優ちゃんはよく「俺がキレたら、気持ちを他に逸らしてくれ」と言った。「そうしたら、勢いがそがれて我に返れるような気がする」って。もちろん、そう言われてから何度かチャレンジしたけど、成功したことはなかった。

「池山さんが、そうだなあ、六月中に家においでって。土日だったら、いつ優ちゃん都合がつけられる？　昼すぎがいいらしいよ」

池山さんの情報が頭に入ってきて、優ちゃんは少し混乱している。一直線で上り詰めた怒りが揺れつつある。握ったこぶしも少し弱まっている。この調子で行けば、我に返ってくれるかもしれない。僕は願いを込めて、ひたすら池山さんのことを話した。

「だから今度、池山さんが病院に来たら、優ちゃん、都合の良い日を伝えておいてくれる？　僕は日曜日がいいかなあ。土曜日は部活だからさ」

「ああ……」

優ちゃんの力が少し抜けた。顔の表情も緩んでいるように見える。

「池山さん今度いつ歯医者に来る？　僕も会いに行こうかな？　部活早く抜けて。池山さんのさ……」

優ちゃんは動かなくなった。もう大丈夫なのだろうか。怒りは収まっているのだろうか。僕が優ちゃんの顔を確かめようとした瞬間だった。右耳の上に優ちゃんのこぶしが飛んできた。


冷たいタオルが頭に載せられて、目が覚めた。

「どう？」

目の前に優ちゃんの泣きそうな顔があった。

そっか。殴られて、ひっくり返ったんだった。殴られてくらくらして、起きたらどうせ殴られるしなあと思っていたら、そのまま気合が抜けて気を失ってしまっていた。人は簡単に気絶しちゃうんだなあ、と僕は変なことに感心した。

「大丈夫だよ」

心配そうな優ちゃんに、僕は二、三度目をぱちぱちさせてから答えた。

「ごめん、隼太」

「平気だから」

「でも……、本当に大丈夫か？」

「何度も確かめなくていいよ。僕の頭のことは僕が一番わかってる」

「でも、頭は打ち所が悪いと……」

優ちゃんは僕の頭をこわごわ触った。念のために病院にでも連れて行こうというのだろうか。そんなのはごめんだ。僕は勢いよく立ち上がった。

「僕、頭だけは丈夫なんだ」

「本当に？」

「本当」

僕は頭をぐるぐる回して見せた。たいした痛みは残っていない。これくらいだったら、二時間程度で治まるだろう。いつの間にか免疫がついたのか、少々殴られたくらいでは僕の身体は動じなくなっていた。

「ごめんな、隼太。必死で気を逸らそうとしてくれてたのに」

「いいんだ。あんな作戦うまくいくわけないよね。キレてるときの優ちゃんに話しても仕方ない」

「ああ、ごめん」

どんな作戦だって、キレてる優ちゃんには通じない。勇気を奮って行動に出てみても、頭を使って手段を選んでみてもどうしようもない。キレたらおしまいなのだ。ため息をつきかけた僕の頭に、家庭科の塩元《しおもと》先生の顔が浮かんできた。

「そうだ。甘いもの食べよう。優ちゃん」

「甘いもの？」

「そう。チョコとかケーキとか」

「どうして？」

優ちゃんは何の脈絡《みゃくらく》もない僕の提案に、目を丸くした。頭の打ち所が悪かったと思われては困る。僕は丁寧《ていねい》に説明をした。

「甘いものを食べると、カリカリしないんだって。糖分って、ストレスをやわらげてくれるらしい」

家庭科の授業で塩元が、「最近の若い人は砂糖を悪者みたいに言うけど、糖分はストレスをなくして気持ちを落ち着かせるのよ。パフェ食べながら激怒している人を見たことある？」と言っていた。確かにカレーを食べながら怒っている人より、パフェを食べながら怒っている人のほうが間抜けな感じがする。

「それに、ちょっとお祝い」

「お祝いって何の？」

優ちゃんはまた首をかしげた。

「何って、今日、優ちゃん一発しか、僕を殴ってないじゃん。それって、すごい進歩じゃない？」

「それは隼太が倒れたからだよ」

「とにかく、僕は一発しか殴られずに済んだ。僕にとっては大きいよ」

「そっか……」

「シュークリーム買いに行こう。コンビニのでいいからさ」

「ああ、うん。そうだな」

優ちゃんはやっと少し微笑《ほほえ》んだ。

僕たちは二人で夜のコンビニに向かった。六月に入ったとたん雨が続いたせいで、外はしっとりとした生暖かい風が吹いていた。空は曇って星は一つも見えない。

キレ終わったあとの優ちゃんが甘いものを食べても意味がないし、一発しか殴られなかったことなんて特にめでたいことでもない。けれど、こうやって出かけるのは悪くない。

「この辺りのコンビニに行くのは、初めてかもしれない」

背が高い優ちゃんは、話すときほんの少し身をかがめる。こんなにも優しい人なのだ。

僕も少し背筋を伸ばした。

「そう？　僕、昔は毎日コンビニに行ってたよ」

僕の家から少し歩くと、ファミリーマートとローソンが向かい同士である。優ちゃんがやってくる前は、お母さんの店からの帰り道、僕は必ずどちらかに寄っていた。

「へえ。隼太ってコンビニ好きなんだ」

「全然」

僕は首を振った。何でも売っていて、必ず誰かがいて、コンビニは便利な場所だと思う。でも、コンビニはコンビニだ。

「どっちにしようか」

ファミリーマートとローソンを優ちゃんは見比べた。

「悩むね」

道を渡らなくていいローソンかな。だけど、ケーキ類はファミリーマートのほうが多かったっけ。僕もあれこれ考えてみた。

「一応、二人で来たし、ファミリーマートにしようか」

「ファミリーってこと？」

「まあ、そう、そんな感じ」

優ちゃんが照れくさそうに言うのに、僕は笑った。家族連れだからという理由で、ファミリーマートを選ぶ人はきっといない。

僕たちはファミリーマートで生クリームとカスタードクリームが入っているビッグシュークリームを三つ買って、お母さんの帰りを待った。

「シュークリームって、突然どうしたの？　何かいいことあった？」

三時を過ぎてようやく帰ってきたお母さんは夜遅くまで起きてる僕をとがめもせずに、楽しそうに訊いた。

「いいことってほどのこともないんだけど」

「まあ、なんとなくだな」

僕と優ちゃんはたどたどしく答えた。

「なんとなくっておかしいでしょう。二人で起きて待っててくれるなんて、滅多にないことじゃない。それにシュークリームまで。どうしたのよ」

「何もないって」

「うそ。絶対何かあるんだから。ほら、言いなさいよ」

お母さんは陽気に言って、僕と優ちゃんをドキドキさせた。

「いいから早く食べよう」

これ以上質問されるとやばい。まさか一発しか殴られなかったお祝いなんて、口が裂けても言えない。僕はシュークリームを並べて、さっさと食卓についた。

「怪しいなあ」

「怪しいわけないだろ」

「早く片付けようとするところが、何よりも怪しい」

「もうどうでもいいじゃん。男同士にしかわからないことがあるんだから」

僕が偉そうに言うと、お母さんは「はいはい、わかりました」と、ケラケラ笑った。

大雑把なお母さんはもともと疑ってもいないのだ。

お母さんは温かいカフェオレを入れてくれた。季節が進んだり戻ったりする少し肌寒い夜。シュークリームはかなり甘かったけど、なんだかとても懐かしい味がした。

「真夜中にシュークリーム食べるなんて、太りそうだけど、その分すごくおいしく感じるね」

甘いものが好きなお母さんが言うのに、優ちゃんも「そうだな」とうなずいた。

「記念日でもないのに、こうやって並んでお菓子を食べてると、すごく家族って感じ」

お母さんは満足そうに笑った。本当にそうかもしれない。僕はなんとなく良い心地になって、

「そのために僕、太るのも我慢して苦労してるんだよ」

と、冗談を言ってみたりした。

4

六月の終わり。HR《ホームルーム》は、校内陸上記録会の選手決めにもたもたしていた。来週に行われる陸上大会に、一人一種目出なくてはいけない。僕は陸上部でやっているというのもあって、高跳びを選んだ。決まらないのは、3000m走と1500m走に出るやつだ。当然だけど、長距離を走りたがるやつなんかそうそういない。

運動のできるやつは要領もいいし発言力もあるから、さっさと短距離や砲丸投げなどの楽な種目に出ることを決めていた。

「あと、決まってないのって誰だよ」

「市田《いちだ》と西野《にしの》だけじゃん」

「でも、二人とも、長距離とか無理っしょ。足遅いしさあ」

夏直前の六時間目。ベタベタした暑さにみんないらついていた。

「市田と西野は何にする?」

僕は教壇の上から、二人に声をかけた。保健体育委員の僕は、出場種目のエントリーをしなくてはいけない。校内陸上なんて、ちゃちゃっと走って記録とって終わる行事だ。

クラス対抗になってはいるけど、ただの記録会だ。そんなに深刻になることないし、誰が何に出ても大差はない。

「なあ、どうする？」

市田も西野もなかなか意見を言わない。足の遅いやつは、決断も遅い。

「3000mと1500mしか残ってないし、どちらかがどちらかでいいよな」

僕が言うと、市田はもごもごと「3000も走る自信ないよ」と言った。たかが学校の運動場で長距離を走るのに、自信なんて必要ないだろう。体育の授業では走ってるくせに。僕は心の中で突っ込んだ。

「じゃあさ、今から他の種目を決めなおす？」

僕が言うと、案の定、みんなは「もういいじゃん」とか、「せっかく決めたのに」とか、一斉にぶつぶつ言い出した。市田は消えそうな声で「そういうのはいいけど」と言っている。こうなるのは目に見えていることだ。それなのに、走れないのならどうして早く申し出ないのだろう。それが言えないのだったら、覚悟を決めておとなしく走るしかない。

「決めなおすのは悪いし、走るのは自信ないしって言うんじゃ、どうしようもないだろう？」

「まあ、そうだけど……」

「どうせ、西野も市田も何に出ても一緒だよ。短距離だって遅いんだし。だったら、市田が1500mで、西野が3000mでいいじゃん。どう？」

僕は勝手に話を進めた。

「だけど……」

「他に方法ないだろう。別に遅くても誰も文句言わないから。いいよな？　それでエントリーするよ」

僕は二人に念を押して、エントリー用紙に書き込んだ。西野も市田も今度は何も反応しなかった。

タナケンは、決め終わった後になって「何か、市田かわいそうじゃん。1500mとかだと足が遅いの目立つしさ。幅跳びとかにしてあげればよかったかもな」と、言った。もしかして強引すぎたのだろうか。そう思って、周りを見てみたけど、誰も僕に嫌悪感を示してはいなかった。みんな早く決めたかったのだ。みんな僕と同じようにイライラしていたのだ。

「神田君って、勧善懲悪《かんぜんちょうあく》のつもりででもいるの？」

HRが終わって、みんなが教室から出て行き始めた頃、関下《せきした》が僕に近づいてきた。

「勧善懲悪って何？」

普段滅多《めった》に話すことのない関下に突然声をかけられ、しかも難しい言葉を並べられ、僕は眉をひそめた。

「一人で決めちゃって、自分が正しいことを言ってるつもりなのってこと」

関下は冷ややかな声で言ったけど、その気はゼロだ。

「ただ保健体育委員だから決めただけだよ。別に正しいとも間違ってるとも思ってない」

「あっそう」

「あっそうって、いったいなんだよ」

「別に」

聞くだけ聞いておいて、関下はあっさりと教室から出て行った。

なんなんだいったい。関下のいやに落ち着き払った態度が頭に残って、僕は胸が悪くなった。ただ早く進めばいい。無駄なことは省けばいい。そう思っただけだ。どうせ時間をかけたって、同じような結果が出たはずだ。それなのに、どうしてそんな言い方をされなくてはいけないのだ。無性に腹が立ってきた僕は、部活にも出ずにそのまま一人で学校を後にした。

「あら、不機嫌そうね」

店に着くと、早速靖子姉ちゃんに突っ込まれた。

「別にご機嫌だけど」

「うそばっかり。だいたい来るのが早すぎるじゃない」

靖子姉ちゃんの言葉に、お母さんも「本当だわ。部活はどうしたのよ」と、訊いてきた。

「いいんだ。水曜日の部活は行ったって、つまらないから」

「何それ」

お母さんは顔をしかめた。

「だって、高跳びの練習は火曜日と金曜日しかやらせてもらえないんだよ。あんまり跳びすぎるとバネがたまらないとかってさ。基礎練習や筋トレばっかりしたって、疲れるだけだ」

「生意気ね。そういう毎日の基礎練習こそ大事なのに」

お母さんはため息をついた。

「いいんだって。基礎練習なんかしなくたって、そこそこ結果は出せてるし。それに、別に陸上選手になりたいわけでもないんだから必死になる必要なんてない」

僕がそう言うと、

「その屁理屈ぶり。完全に不機嫌じゃない」

と、靖子姉ちゃんは笑った。

「屁理屈なんかじゃない」

「そこそこ結果が出せてるって、あんたって何様って感じだし、陸上選手になりたいわけでもないとかって、そんなのみんな知ってるって話だよ」

靖子姉ちゃんがいちいち僕のまねをしながら笑うから、僕も何だか力が抜けてしまった。

「僕って、勧善懲悪な感じ？」

僕は靖子姉ちゃんに尋ねた。

「何それ？」

「だから、僕って勧善懲悪な人みたい？」

「違うんじゃない」

「そうかな？」

「そりゃそうよ。そんな遠山の金さんみたいな中学生、そもそもいないでしょう」

靖子姉ちゃんが大らかに片付けるのに、僕もどうでもいいような気になった。そうだ。いちいち関下一人の意見に振り回される必要はない。

「よし、今日は久々にアイスおごってあげよう」

靖子姉ちゃんは、帰り道、途中のローソンまで送ってくれた。

昔から時々、靖子姉ちゃんは僕を見送りがてらアイスをごちそうしてくれた。小さい頃の僕は、それが本当に嬉しくてたまらなかった。

「何だかヤンキーみたい」

駐車場の車止めブロックに腰掛けて並んでアイスを食べながら、靖子姉ちゃんが言った。

「そう? アイスぐらい、ガリ勉でも食べるよ」

「ローソンの駐車場で食べるところがよ」

「そうかなあ。でも、外で食べると三倍おいしい」

「それは言えるね。ガリガリ君も外で食べると、ハーゲンダッツに早変わりだ」

靖子姉ちゃんは、いろんなことを楽しくしてしまえる才能がある。

「ハーゲンダッツにソーダ味なんかないけどね」

「いちいち可愛くないわね。隼太は。サトルだったら、まったくそのとおりだねママって言ってるわ」

サトルは靖子姉ちゃんの子どもだ。姉ちゃんは、子どもの話をよくする。それどころか、「月に一回しか実の子どもに会えないって、私って不幸な女なのよね」と悲しみをオープンにしたり、「ああ、サトルに会いたい会いたい。ちょっと、隼太、慰めなさいよね」と悲しみを堂々と押し付けてきたりする。

昔は強い人だと思っていたけど、中学生になった僕は、それが他人に本当のつらさに勝手に入ってこられないようにする予防線なんだとわかってしまっている。だから、ちょっとだけ弾《はず》みをつけて、「そのとおりだね。ママ」と、ふざけた声で言ってみた。

「でしょ。ついにソーダ味のアイスがおいしくなるくらい暑くなってきたね」

靖子姉ちゃんは空を仰いだ。

「そのとおりだね。ママ」

僕がもう一度ふざけると、靖子姉ちゃんは「気持ち悪いわ」と、僕のおでこを指で弾《はじ》いた。

「暑いのはごめんだけど、もっともっと日が長くなればいいのにね」

「そうだな」

僕も空を見上げた。この間まで六時を回れば真っ暗だったのに、今は七時になっても夜の色が浅い。完全に夏になろうとしているのだ。日が長くなるのは僕たちにとってどうなのだろうか。優ちゃんとの時間がゆっくりになるのは僕には良いことなのだろうか。

「遅かったんだね」

「おかえり」の後で、優ちゃんが言った。

「えっと、お店の人が送ってくれて、アイスクリーム買ってもらって、話し込んじゃったから」

言い訳のように言ってしまう自分がおかしくて、僕は少しだけ笑った。

「そっか」

「優ちゃん、怒ってるの？」

「まさか。怒ってないよ。そんなふうに見える？」

「いや、訊いてみただけ」

「そっか、ごめん」

「謝ることない」

「うん、そうだよな」

いちいちお互いに牽制しあうのが、少し照れくさい。

優ちゃんは怒ってないけど、元気はない。お母さんのお店や、お母さんが夜働くことを、あんまり好きではないのだと思う。女の人が働くのがだめだとか、スナックでの仕事がだめだとか、そういうんじゃない。うまく言えないけど、とにかくそうなのだ。お母さんは優ちゃんと結婚して、昼間の薬局でのパートを辞めたけど、スナックの仕事は辞めなかった。

「夕飯にする？」

優ちゃんは言葉の響きに気をつけるように、穏やかに言った。

「うん」

「今日は八宝菜みたいだよ」

「本当？　やったね」

「あれ、隼太って八宝菜好きだったっけ？」

「いや、好きでもないんだけど」

僕はえへへと笑った。

まだまだ他人の僕と優ちゃんは、ちょっと会話をしくじると、すぐに妙な雰囲気になってしまう。嫌な感じというのではないけど、お互いにその空気をちょっと持て余してしまう。

「あ、でも、今日はご飯の前に日記書いてしまおうよ」

僕は最近毎日つけている日記を書くことを提案した。

「もう書くの？」

「うん。早めに書いておくと楽じゃない？」

一日何をしたか。どんな気分だったのか。優ちゃんがキレたのかどうか。毎日記録しておけば、いつどういうときに優ちゃんがキレるのかがわかるかもしれない。少し前から、僕と優ちゃんはせっせと一日の出来事を書きとめている。こんなことが僕たちを助けてくれるのかはわからないけど、何でもやってみているのだ。

「そうだな、書こうか。あ、でも、隼太、おなかすいてないの？」

「大丈夫。アイス食べちゃったから」

「そっか、そうだった」

僕が引き出しの奥に隠しているノートとペンを出してくると、優ちゃんは、

「よーし、書くぞ」

「一日はまだ残ってるけど」

と、不安そうに言った。

いつも僕らの虐待日記は、眠る前に、僕たちの一日がなくなってから書く。

「いいじゃん」

「そう?」

「そう。大丈夫、大丈夫」

僕はごろりと寝転がって、ノートを開いた。優ちゃんも、「隼太が言うのなら、そうなのかな」と僕に同意して、隣に寝転がった。

優ちゃんがどうすればキレなくなるのかは、まだつかめていない。だけど、優ちゃんが絶対にキレないという日はなんとなくわかるようになった。

今日の優ちゃんはたいして楽しそうというわけでも元気というわけでもないけど、ゆったり静かな感じがする。こんなときは大丈夫。今日が終わるまで、何があっても優ちゃんは優ちゃんでいてくれるはずだ。

「最近あんまり殴られてないから、日記が単調でつまらないなあ」

僕は日記をパラパラめくった。

「確かに、しばらくキレてないから、たいして書くことないな」

僕の真似して軽口を言ってから、「悪い冗談だった」と優ちゃんはしゅんとした。

「見て、優ちゃん。こないだから八日ももってる」

僕は前殴られた日から、日記のページを数えてみた。

「すごいじゃん。結構、進歩したんじゃない？」

僕に褒められて、優ちゃんは「ああ、まあ」と恥ずかしそうに頭をかいた。

「じゃあ、今日はどうだった？　歯医者は順調？」

「うん。普通だったかな。しっかり治療したよ」

「なるほど。健康状態は？」

「いい感じだ」

「おもしろいことはあった？」

「特に。でも、悪いこともなかった」

「よし、ＯＫ」

僕は、優ちゃんの答えを参考に、

「今日の優ちゃんは、仕事も順調で穏やかな感じだ。ついでに、こないだ一緒にユニクロで買ったグレーのTシャツを着ていました。僕のほうは夕飯にピーマンがあるので気が重い。優ちゃん食べて」

と書き上げた。

「本当に書くことないんだな。しかも、敬体《けいたい》と常体《じょうたい》がごっちゃになってるし」

日記を見た優ちゃんは笑った。

「敬体と常体って？」

「ですますと、であるが、一緒になってるってこと」

夏休みの読書感想文じゃないんだから、どうしてそんなことに気を配らなくちゃいけないんだと、僕はちょっとうんざりして、「わざとだよ」とうそぶいた。

「ふうん。そうなのか」

「今日の隼太はちょっとふてくされて帰ってきた。アイスを食べてきたくせに不思議だ。どうしてかと思っていたら、ピーマンのせいらしいです」

優ちゃんは本当にわざとへたくそな日記を書いて僕によこした。

「あれ、今日って僕、ふてくされてた？」

「違った？　なんとなくそう思っただけなんだけど」

僕が首をかしげると、優ちゃんも首をかしげた。

とりあえず、今日も明日も平和な日でありますように。少しだけ祈りをこめて、僕はノートを閉じた。

「最後に仕上げっと」

　僕は立ち上がるとカレンダーに丸をつけた。

「もうそこまでするの？」

「うん。もういいだろう」

「まだ夕飯も食べてないし、お風呂も入ってないし、テレビも見てないのに、すごい自信があるんだな」

　優ちゃんはカレンダーの丸をしげしげと見つめた。

　僕たちの間に悲劇が起こらなかった日は、カレンダーの日付の横に小さな丸を描くことにしている。

　一昨日の朝、お母さんがカレンダーに並んだ丸を見つけて、「何なの、これ？」と、僕に訊いた。

「僕と優ちゃんの便秘チェックなんだ」言い訳を準備していた僕は、あっさりとごまかした。

「そんなのつけてるの？」

「そうだよ。最近、男もそういうところこだわるんだ」

「へえ、変なの」

「こういう毎日の積み重ねが男同士の絆を作るのさ」

僕が気取って言うと、
お母さんは、「また出た。隼太得意の男同士」と、嬉しそうに笑っていた。

お母さんの目が節穴でよかった。いつも僕は心から思う。

「もし、優ちゃんがキレても書き直したらいいだけじゃん」

「そっか、そうだな」

「でも、カレンダー汚くなるから、書き直さなくていいようにしてよ」

僕に言われて、優ちゃんは「そうします」と素直にうなずいた。


平和な夜の終わり、寝る直前に関下の顔が頭に浮かんできた。女のくせに背が高い関下は、見下ろすように人を見る。さして興味がなさそうにしているのに、クラスの動きを結構気にしていて、偉そうで、気に入らないやつだ。僕は舌打ちをしながら、部屋にある全ての電気をつけて眠る準備をした。

優ちゃんが来て、夜の闇は闇ではなくなった。でも、まだ灯りを消してしまうことはできなかった。

ラジオに小さいテレビ。部屋の灯りはもちろん、机の上のスタンドもつける。どれだけ明るくしても、落ち着くことはなかった。

「もう、本当にだらしがないんだから」

三時すぎ、お母さんが部屋をのぞきに来て、あちこちの電気を消す。それから、僕は本当の眠りに落ちる。

5

明日から一学期の期末テストが始まる。残念ながら、中間テストの出来は思わしくなかった。二年生になって、塾に行くやつが増えて差がつけられはじめたのと、授業がちゃがちゃしてきたせいで、今のところ僕の成績は振るわない。この期末テストで取り返しておきたい。元「女手一つ」だった僕は、意外に成績にこだわるのだ。お母さんは「男の子なんだから、勉強なんてどうでもいいのよ。健康で運動ができれば十分」と言っていて、きっとそれが本音ではあるだろうけど、テストの点が良いとすごく喜ぶ。だから、やっぱりがんばりたい。そのためにもせっせと勉強したいところだったのだけど、僕をとらえて離さない本に出会ってしまった。

今までまじめに読書をしたことがない僕が、すっかりはまってしまった本。『〝It《それ》〟と呼ばれた子』だ。「これマジでありえない話なんだけど」と、少し前にタナケンに薦められて以来、必死で読んでいた。

「お、隼太、余裕じゃん」

テスト勉強もそっちのけで、本に没頭していたら、優ちゃんの声が聞こえた。いつもより遅くまで起きている僕に、冷たいお茶を入れて部屋まで持ってきてくれたのだ。

「ありがとう」

「珍しいね。隼太が読書とか」

優ちゃんは僕にお茶を手渡すと、ベッドに腰掛けた。

「勉強しなきゃと思うと、かえって読んじゃうんだよなあ」

「何の本?」

「え?」

「何ていう本、読んでるんだ?」

優ちゃんに訊かれて、僕はやばいと思った。でも、隠せば優ちゃんのスイッチを入れてしまう。僕は素直に表紙を見せた。

「これ?『〝It《それ》〟と呼ばれた子』」

「へえ、SF?」

「うーん、どうかなあ。まだそこまで読んでないから」

優ちゃんが内容を知らなくてほっとしたのもつかの間、

「どれどれ」

と、優ちゃんは本を手に取った。僕がどんな本を読んでいるのか、あらすじに目を通そうとしているのだ。僕の心臓は一気に速くなった。

「えっと、これ、児童虐待の話なんだ。デイヴ・ペルザーって人が、母親からすごい暴力を受けるんだ。アイロン押し付けられたり、ビンで殴られたり」

僕は優ちゃんが確認する前に慌てて説明した。あらすじで知るより、僕が伝えるほうが少しはましな気がしたのだ。

「何なんだ、その話」

優ちゃんは驚くと同時に、不審《ふしん》な目を僕に向けた。

「不思議な話だよね。その家にはたくさんの子どもがいるのに、その子だけいじめられるんだ。Ｉｔっていうのは、その子のあだ名。母親は名前じゃなく、物みたいに呼ぶんだ」

「もういい。止めろよ」

優ちゃんの顔色はもう変わっている。スイッチはきちんと押されてしまっていた。

「その母親っていうのが、ものすごくずるいやつで、父親にはばれないように暴力を振るうんだ。これがすごい巧みなんだよ」

「もういいって言ってるだろう」

「とにかくハラハラする話なんだ。優ちゃんも読んでみる？」

僕の部屋は狭い。ここで優ちゃんに襲われたら、ひどいことになる。逃げ場がない僕は開き直るしかなかった。

「どうして隼太はそんな本を読むんだ」

「借りたからだよ」

「そうじゃない。なぜ、そんな本を必死で読んでるんだって、訊いてるんだ」

「さあ」

「俺へのあてつけだろう」

「は？」

「俺にあてつけで読んでるんだろう？」

キレて本当の優ちゃんじゃなくなってるにしろ、僕は本気であきれてしまった。

「本当にそう思うんだったら、優ちゃんは相当ばかだね」

僕は思わずそう言っていた。だけど、キレてる優ちゃんをなじる僕のほうが、相当のばかだった。

「どうしてくれるんだよ」

指先でなぞるだけで、唇の横が切れているのがわかった。僕はすぐに鏡を取り出して確かめた。見た目にはっきりと外傷が残るほど、殴られたのは初めてだった。

「ごめん……、本当に悪い」

いつもと同じ優ちゃんの弱々しい謝罪が繰り返し聞こえてきたけど、それどころじゃなかった。

「どうすればいいんだ」

僕は痛みなんか忘れてしまえるくらい絶望的な気持ちになっていた。

唇の端がぱっくり切れて、目の上も腫《は》れている。時間が経てばもっと醜くなるだろう。つまずいた、こけた、ぶつけた。そういうのには、当てはまらない他人がつけたことがはっきりわかる傷。これではお母さんにわかってしまう。どうやってごまかせばいいんだ。どうして最低限のことすら優ちゃんは守れないんだ。

「隼太、もう無理だよ」

僕の気も知らないで、優ちゃんは聞き飽きた台詞を吐いた。

「何がだよ」

「頼むよ。逃げてくれ。逃げてなぎさのところに行けばいい」

「殴られるくらいで僕は逃げないって言っただろう」

「頼むよ。隼太。もうどうしようもない」

優ちゃんは思いつめた表情をしていた。そんな顔をしたって無駄だ。僕の頭には苛立《いらだ》ちが生まれていた。

「どうしようもないとか、意味がわからない」

僕は鏡の中を見たままで言った。

「もう終わりにしよう。隼太。もう俺はだめなんだ。こんなこと終わらせなくちゃいけない。今すぐにだ」

「うるさいな」

「隼太、もう無理なんだ」

「何回も同じこと言わせんなよ！」

僕の苛立ちはどんどん膨《ふく》れていた。殴られたことにじゃない。お母さんに気づかれるようなことをする優ちゃんの浅はかさにだ。

「もう同じことはしない。なぎさに説明をしてきちんと終わらせる」

「お母さんを出してこなくたって、ちゃんと僕たちは終わりにするように努力してるだろう？」

「そうじゃない。今すぐに断ち切らなきゃだめだ。もう、俺は出て行く」

なんて姑息《こそく》なんだ。僕は吐き気がした。

「出て行って、何か解決すんの？」

「また隼太の普通の生活が取り戻せる」

「なんだよ、それ。勝手にいろいろ決めるなよ。優ちゃんは満足するかもしれないけど、僕にとっては、何も解決しないよ。逃げろとか、出て行くとか。結局、優ちゃんがこんな状況や罪悪感から逃げるだけだろう」

「ああ、それでもいい。なんでもいいから」

　優ちゃんはすがるような目をしていた。

「参るよ、顔に傷つけられるのは。こう見えて僕、二年三組のアイドルなんだから。お詫びに優ちゃん、お母さんにばれない方法考えてよ」と、軽口でも言うのがいい。頭のどこかでは、そうわかっているのに、できなかった。

「どれもだめだ。優ちゃんが出て行くのも、お母さんにばらすのも、もちろん他人に言うのも、僕を手離すのもだめだ」

「もう許してくれ」

　優ちゃんの声は涙を含んでいた。大人のくせに、僕より長く生きているくせに、弱い。そんなふうだから、優ちゃんは何も解決できないんだ。

「僕は許さないよ」

「隼太、頼むよ」

「こんなにも優ちゃんは僕に傷を負わせてるんだ。それなのに、ほったらかして、やりかけたことを投げ出すの？」

「どうしようもないんだ。とにかく隼太をこれ以上傷つけるわけにはいかない」

「うるさいよ。傷つけるわけにいかないとか、偽善者ぶんなよ。もうさんざん傷つけたあとだろ。今更出て行くなんて間違ってる」

「隼太、おかしいよ」

優ちゃんは僕の身体に触れようとしたが、僕は腕を振ってそれを拒否した。

「おかしいのは優ちゃんだよ。僕は嫌だ。出て行くとかそんな卑怯なこと、絶対に認めない」

「もう限界だよ。とにかくなぎさに打ち明ける」

「限界かどうかを決めるのは優ちゃんじゃない」

「だから、なぎさに決めてもらおう」

「どうしてここでお母さんを出してくるんだよ。僕たちの問題だろ。お母さんに言うなんて、僕に対する最低の裏切り行為だ。絶対お母さんの前で口にすんな。今まで僕がどれだけ苦しんだか考えろよ」

優ちゃんは何も言わず、うつむいた。

「よく覚えといて。僕は絶対に許さない。優ちゃん、逃げるなよ」

僕は声を低くして、一つ一つの言葉に怒りをこめた。そして、大きな深呼吸をして、もうこれ以上話すつもりがないことを示した。優ちゃんは何か言おうと息苦しそうに僕の部屋の中にしばらくいたけど、結局何も言わずに静かに出て行った。

その夜は、優ちゃんがお母さんに告白しないか不安で一睡もできなかった。試験勉強なんて手につくわけもなく、眠ったふりをしながらただ夜が明けるのを静かに待った。一刻も早くお母さんを丸め込みたかった。

朝、六時すぎ。僕はお母さんが動き出した物音を確認すると、いつもより早く下へ降りた。

「おはよう。早いのね。ちょっと、隼太！　どうしたの、それ⁉」

僕の顔を見るなり、台所でお湯を沸かしていたお母さんは大きな声をあげた。よかった。優ちゃんは話していない。僕はほっとすると、こともなげに、

「ああ、これ？　けんかけんか」

と、言いながら、牛乳をコップに入れて食卓についた。

「すごい傷じゃない」

お母さんは僕のそばによって来て、傷口にそっと触れた。

「ちょっと、消毒は？」

「昨日したって。もう平気。見た目ほど痛くないから大丈夫。案外顔ってすぐ腫れるんだね」

「何をのんきに言ってるのよ。だいたいけんかって、どういうことなの？」

お母さんは僕の横に座って、牛乳を飲もうとした僕を制止した。

「ちょっとムカついちゃって。やりすぎたかな。ごめんなさい」

「やりすぎたって、相手は誰なの」

「うーん、知らないやつ」

「知らないやつとどうしてけんかなんかになるのよ」

知っている人の名前を挙げて、お母さんが謝りにでも行ったら困る。眠れない夜を活用して、僕は慎重にシナリオを作っておいた。

「昨日店に寄った帰りにローソンでジャンプ立ち読みしてたらさ、なんかじろじろ見てこられたんだ。いやな感じで。で、頭に来たから、何だよ文句あんのかって、言ってやったんだよ。そしたら、そのまま駐車場の隅に連れて行かれてこのざまってとこ。ま、これくらいのけんか、よくあることだって」

「よくはないでしょう」

「まあね。でも、男なんだから。ね」

「何が男なんだからよ」

お母さんは顔をしかめながらも、相手の怪我がたいしたことないことを何度も僕に確かめると、「腕白なくらいがちょうどいいのかなあ」と朝ごはんの準備に戻った。

「そうそう。家でいじいじゲームばかりしてるより、健全だろ?」

僕が冗談めかして言うと、お母さんは、「まったく、ちょっとまじめに反省しなさいよ」とため息をついた。

　自分自身で事実だと思い込んで話せば、真実として相手に伝わる。実の母親をだますのはいともたやすかった。

　一件落着しそうになったとき、優ちゃんが起きてきた。優ちゃんはぐったりとして、目の下にはっきりとしたくまを作っていた。

「おはよう」

　僕はパンをかじりながら、さらりと言った。

　優ちゃんは何も応えず、案の定心配そうに僕に目を向けた。そんな目で見たら不自然だろう。僕はいらっとしつつ、黙々と食事を進めた。

「おはよう。ちょっと見てよ、優ちゃん。隼太がけんかしたって」

　お母さんは早速、興奮気味に優ちゃんに報告した。

「あ、ああ」

「ああ、ってこんな傷作ってるのよ。ひどいでしょう?」

　優ちゃんはお母さんに振られて、顔をこわばらせた。少し突つけば、全てを白状してしまいかねない。

「男なんだからけんかぐらいするよね。これぐらいの傷、普通に作るって。優ちゃんだって、中学生の頃、けんかしただろう?」

僕が素早く助け舟を出したのに、優ちゃんは頼りなく突っ立ったままで何も言わなかった。

「どうしたの?」

さすがにお母さんも、不思議そうに優ちゃんに問いかけた。

「え?」

「なんか、体調悪そうだけど?」

お母さんが、心配そうに優ちゃんの顔を覗き込んだ。

「いや、体調は悪くないんだ」

「じゃあ、何?」

「何って言うか……」

優ちゃんは少し目を伏せてから、僕に視線を向けた。打ち明けるつもりなのだろうか。

僕は小さく首を振ったけど、優ちゃんには届かなかった。

「あのさ……」

優ちゃんは静かに口を開いた。

「どうしたの?」

お母さんは優ちゃんを見つめたまま、次の言葉を待った。

「あの……」

　優ちゃんが大きく息を吸い込むのが、聞こえた。なんてこの人はもろいんだ。どうしてこの人は耐えられないんだ。だめだ。次の言葉を絶対に発せさせてはいけない。僕は勢いをつけると、

「何なんだよ。けんかくらいで、そんなに深刻な顔すんなよ。実の父親でもないくせに、いちいちおおげさなんだよな」

と、大きな声を出した。

「なんてこと言うの！」

　優ちゃんが反応する前に、お母さんが僕を怒鳴った。

「だって」

「優ちゃんだって、隼太のこと心配してるんでしょう？　どうしてそんなこともわからないの」

　お母さんの怒りを、僕は思わず鼻で笑ってしまった。優ちゃんを止めたかった。お母さんに気づかれたくなかった。思ったとおりにことは運んだ。それにしてもだ。この人は本当に何も見えてない。

　お母さんのまっすぐな大らかさは、いつも僕を救ってくれる。どろどろした僕のいやらしい部分には、目を向けずにいてくれる。スカッとして何でも余裕でやってしまえる

男の子。そうありたいと思っている僕どおりに、僕を受け止めてくれる。お母さんが僕に疑いを抱かずにいてくれるからこそ、僕は優ちゃんを失わずにいられるのだ。純粋さはすばらしいし、手放しで信じてもらえることはありがたい。だけど、まっすぐさは愚かさでもある。

「ちょっとイライラしただけ」

僕はありきたりな言い訳で片付けた。お母さんは、

「イライラしたじゃないわよ。優ちゃんだって、心配してくれてるのよ」

と、僕を諭《さと》した。

「そうだね。ごめん、優ちゃん」

僕は声が白けたふうに響くのを防ぐことができなかった。

「そんな言い方ないでしょう?」

「わかってるよ。でも、そろそろ行かなくちゃ。今日テストだから」

今日の前にいる僕しか見えていないお母さんがまだ責めようとするのを、僕は振り切った。もううんざりだった。早くここから出ないと、僕まで優ちゃんと僕を守れなくなりそうだった。

「あ、そうだ。ねえ、優ちゃん、悪いけど、ローソンまで送っていって。なんとなく怖いって言うか、一応昨日の今日だし。念のために」

僕がいなくなったら、優ちゃんは崩れてしまうかもしれない。もう一度念を押す必要がある。僕の提案に節穴のお母さんは、

「悪いけど、そうしてやって」

と言った。優ちゃんに男同士で話してもらったほうがいい。それぐらいのことを思っているのだ。


外に出ると、すぐに暑さと湿気を含んだ風が身体を包んだ。梅雨の終わりの朝は全然新鮮じゃない。新しい日の始まりというより、昨日がまだ引き続いていて、使い古された太陽がもう一度昇っているみたいだ。僕の足も引きずるようにしか進まなかった。優ちゃんは何も言わず、僕の少し後ろを歩いた。

「マジで勉強してないから今度の期末は悲惨だよ。まあ、もともと悲惨なんだけどね」とか、「そう言えば、こないだもこんなふうに二人でシュークリームを買いに行ったよね。あのときはファミリーマートだったっけ」とか。会話を弾ます方法はいくつかあって、そうすべきだとわかっているのに、やっぱり僕は疲れていた。まだ弱い太陽の日射しにすら、くらくらした。

「優ちゃん、お願いだよ」

僕はだらだらと歩きながら言った。優ちゃんを連れ出したものの、早く終わらせて早

く一人になりたかった。

「俺には隼太がそこまで言う理由がわからないよ」

優ちゃんはうつむいたままで言った。

「今まで何とかしようって、がんばったじゃん。そういうの無駄にしたくないんだ」

自分で言ってみて、僕はそれが全然理由ではないことに気づいた。

「隼太、安全になれるのに、苦しまなくていいのに」

「僕に悪いと思ってるなら、僕を傷つけたくないなら、出て行くとか、お母さんに打ち明けるとか、そういう方法はとらないで」

理由はわからない。ただ、どんなことでも根拠にして、優ちゃんを繋ぎとめておきたかった。

「隼太、でも」

「お願いだから」

二人とも力がほとんど残っていなかった。声を発する意欲もなかった。最小限の会話で僕は最終の確認をした。

「いいよね、優ちゃん。頼むよ」

「わかった」

決して優ちゃんは納得したわけじゃない。だけど、そう答えるしかない。そうするしかない。だから、ただうなずいていた。

「ごめん」

あの日以来、傷ついた僕の顔を見るたびに、優ちゃんは言った。僕たちの空気を解くためには、謝罪ではなく冗談の一つでも言うほうがいい。それなのに、優ちゃんは謝っては、僕たちの問題をより深刻なものにした。謝られるたびに僕は居心地が悪くなった。顔の傷が消えるまでこの状態が続くのだろうとあきらめつつも、毎晩の落ち着かなさは参った。

それでも僕は優ちゃんとせっせと日記を書いた。できかけたルールを破ることは危険に思えた。くだらないことかもしれないし、無意味なことかもしれないけど、一度始めたことは積み重ねていくしかない。

「隼太のこういうところ、なぎさに似てるね」

僕が「あんまり書くことないけど」と言いながら、取ってつけたような日記を書いていると、優ちゃんがぼそりと言った。

「こういうところって?」

「いや、なんていうか毎日きちんとしてるだろう」

「そう?」

「うん。よく似てるよ」

「まあ、親子だからね」

親戚が「お父さんの生き写しだわ」と言うくらい父親とそっくりな僕は、お母さんに似ていると言われることがあまりない。だけど、そうなのだろうか。

お母さんはパターンが好きだ。一日の出来事を僕に報告させること、見えなくなるまで僕を見送ること、全ての家事をきちんとこなすこと。そういう決まりを忠実に守っている。もしかしたら、同じ繰り返しがお母さんを節穴にしてしまうのだろうか。だったら、僕もこんな習慣だけの日記なんてやめて、違うことをするべきかもしれない。けれど、僕には自信がなかった。ほんの少しでも二人の間に続いてるものを、切ってしまう勇気がなかった。

「今日も優ちゃんは謝ってきた。殴ってないのに。平和な日々が続いています」

僕は昨日と一昨日とほぼ同じ内容の日記を書いてノートを閉じた。

6

当然ながら期末テストの結果は最悪だった。そして、梅雨も終わり夏全開だというのに、僕の不調はまだ続いた。

夏休み最初の土日は各部活の夏季大会が行われる。中学生の僕らにとって、三年生が引退を迎える、一年で一番大きな大会だ。

陸上はいろいろ取り決めがあって、フィールド種目は出られる人数が決められている。高跳びも三人しか出場できない。うちの陸上部で高跳びをしているのは二年生では僕だけだけど、三年を入れると四人になる。一人はトラック種目でエントリーしなくてはいけない。

当然二年の僕が譲るべきだ。普段から短距離の練習もしているから、抵抗はなかった。今回は２００ｍに出ようと考えていた。

ところが、選手決めのミーティングで、斉藤《さいとう》先輩が、

「神田は最近記録も伸びてきたし、今回は僕が譲ります」

と、言い出した。もちろん、顧問の橋田《はしだ》は、

「三年生にとっては最後の大会になるんだし、今までやってきたんだから、今回は神田に我慢してもらえばいい」

と、却下した。

「でも、神田は高跳びの練習がんばってるし、次に繋げる意味でも、夏季大会でチャレンジしてみたらいいと思うんですけど。な、神田」

斉藤先輩は僕に微笑みかけたが、とんでもない。そりゃ、得意な種目で大会に出場したい。少しでも多くの大会で跳んでみたい。でも、夏季大会は三年生の大会みたいなところがあるし、斉藤先輩が跳ぶのが普通だ。僕は首を横に振った。

「いいです、そんなの。僕ら二年は秋に新人戦があるし。今回は先輩が出てください」

「そうだよ、斉藤。後輩に遠慮することない。最後なんだから」

キャプテンの村西《むらにし》先輩も言った。しかし、斉藤先輩はなかなか納得しなかった。

「二年とか三年とかって大会に関係ないし、神田だって大会で自分のジャンプを試してみたいだろう?」

「僕は大丈夫です。本当に」

僕はきっぱり断った。気を遣ってもらう必要はない。

「それなら、俺だって大丈夫なんだよ。短距離で出るの全然かまわないから。神田、遠慮するなよ」

「遠慮はしてないです。先輩こそ気にせず出てください」

僕は斉藤先輩のしつこい勧めに、少しうんざりした。遠慮も何も、今回の大会で跳ぶつもりなど端からなかった。それなのに、斉藤先輩は「先生、神田で登録してください。神田のほうが俺より練習がんばっていたし」と引かなかった。僕が「200mで出ます」と宣言しても、他の先輩が、「絶対、斉藤が出たほうがいいって。神田は短距離で十分じゃん」と言っても、斉藤先輩はうんと言わなかった。

そっか。そういうことか。僕は頑なな斉藤先輩の態度に、小さくため息をついた。斉藤先輩は単に自信がないのだ。

先輩は三年生の中で高跳びの記録が一番悪い。ベストが150cmギリギリだから、僕とあまり変わらない。夏季大会でもそれくらいしか跳べないだろう。先輩は最後の大会に高跳びで出場して、三年間やってきた競技をたいしたことがなかったと証明して終わるのがいやなのだ。それを僕にふっかけて、良い先輩を気取っているだけだ。

中学校の部活動なんて、熱心なやつもいれば、強制だから仕方なくやっているやつもいる。斉藤先輩もそれほど意欲的ではなかった。だけど、それなりに練習してきたんだから、それなりに参加すべきだ。

「な、神田、やってみろよ」

最後まで斉藤先輩は同じ言い分を繰り返していた。

何がやってみろだ。お前こそやってみろだ。僕はまったく釈然としなかったけど、これ以上わざとらしい会話を続ける気もしなかった。そのうちどうでもよくなって、「はい、そうします」と投げやりに応じた。

斉藤先輩のことは嫌いではなかった。後輩に偉そうにすることもない優しい先輩である。準備や片付けを後輩に混ざって一緒にやってくれるようなところもあった。それでも、僕は先輩のいやらしさに、納得がいかなかった。

部活動が終わった後、僕は斉藤先輩の下駄箱に向かい、先輩のスパイクシューズを持ち出した。悪いことをしているという感覚もなかったから、こそこそすることもなく、シューズを手にとった。そして、そのままシューズを校門下の防火水槽に放り投げた。正しい方法で大会に出ないんだから、陸上用の靴なんて必要がない。そう思っただけだ。

スパイクシューズはぽちゃと鈍い音を立てて一瞬沈んだ後、ぷかぷか頼りなく浮かびあがった。汚い水の上でアシックスの青いマークが鮮やかに見えた。

「先輩たちはみんなミズノのシューズ持ってるけど、高跳びするんだったら、絶対アシックスのほうがいい」入部した頃、斉藤先輩に薦められて僕も同じシューズを買った。ミズノでもアシックスでも性能は同じようなものだ。ただ、当時の三年生はたちの悪いやつが多かった。三年生と同じシューズを買って目をつけられないようにという先輩の気遣いだったということが後でわかった。そんなことを少しだけ思い出した。「勧善懲悪のつもり?」と言った関下の顔が浮かんできたりもした。でも罪悪感はなかった。単純にいらないものを処分しただけだ。

翌日の放課後、全校集会が開かれた。

「至急体育館に集合しなさい」と、放課後の校内にピリピリした放送が流れた。僕は

「げ、何かあったのかな」「山田《やまだ》の声、めっちゃドス利いてるし、なんかやばいことだよ」と、タナケンとのんきに話しながら、体育館に向かった。

前回集会が行われたのは、三年生が集団でタバコを吸っていたことが発覚したときだった。今度はなんだろう。テスト明けだし、カンニングでも見つかったのかな。そんな程度に考えていた。

全員が集合したのを確認すると、生徒指導の山田は僕たちをじっくりと眺め、用意されていたマイクスタンドを後ろによけた。生の声で訴えようというスタイルだ。どっちでもいいけど、早く終わってほしい。中学生で埋まった体育館はむしむしして暑苦しい。カッターシャツをパタパタさせながらぼんやり前を見つめていた僕は、山田の予想外の言葉にどきっとした。

「今朝、防火水槽の中からスパイクシューズが発見された。うちの学校の生徒のものだ」

誰のスパイクシューズなのか、誰の仕業なのか、推測する声でがやがやする。みんなが静まるのを待ってから、山田は続けた。

「その生徒は、下駄箱にしまっておいたはずだと言っている。残念だが、本校の生徒がやったとしか考えられない」

山田は一人ひとりの顔をにらみつけるように見回した。またもやみんなが誰なのかを推測してざわめく。ちょっと待った。それは、僕のことだ。

「他人のものを盗み出して捨てるなんて、最低で卑劣な行為だ。これは明らかないじめだ。いたずらだとしても、悪質極まりない」

いたずらのつもりも、ましてやいじめのつもりもなかった。それなのに、こんなことになってしまうなんて。僕は焦る気持ちを抑えて、山田の話にじっと耳を傾けた。

「先生たちは絶対に許さない。どれだけ人を傷つける行為なのか、どれだけみんなに迷惑をかける行為なのか、よく考えろ」

山田はところどころ声を大きくして、僕たちを威圧した。普段から問題を起こしている三年生の連中が「おい、俺たちじゃねえし。疑ってんじゃねえぞ」と、周りにいる教師に怒鳴っていた。

「心当たりのあるやついるよな？　学校で起きているんだから、何か知ってる人もいるだろう。こっそりでいい。勇気を出して担任の先生でも誰でもいい。自分から正直に言いなさい」

最後に山田は少し声のトーンを落としてそう告げた。

参ったことになった。こんな大事になるなんて思ってもみなかった。みんなに迷惑をかけるのはよくない。誰かが疑われたりしたら申し訳ない。ややこしくなる前に解決しないと。僕は集会が終わるとすぐに、担任の岩村のところへ行った。

普段の僕は手がかかる生徒ではない。岩村は、「本当なの？」と目を丸くした。僕は「本当です。僕です」と迷いなく答えた。

怒られることは怖くはなかった。岩村は四十すぎのおばさんだから、ネチネチ諭すぐらいだ。そんなの痛くもかゆくもない。山田も出てくるだろうけど、怒鳴って脅すだけで直接危害を加えることはしないだろう。

僕は相談室へ連れて行かれた。相談室は教材に囲まれた狭い部屋だ。こんな場所で打ち明け話をする生徒なんているわけもなく、生徒はみんな「説教部屋」と呼んでいる。教師に呼びつけられて、叱られるためだけの部屋だ。

「悪いことしてるって、思わなかったの？」

僕を前に座らせると、岩村が落ち着いた声で言った。横にはでんと山田が座って、にらみをきかせている。嘘をついたら、承知しないということだ。

「それほど」

僕は正直に答えた。残念ながら悪気はこれっぽっちもなかった。

「悪気がないのが一番悪いわよ」

「すみません」

「どうしてこういうことになったの。斉藤君と何かあったの？」

岩村が、ちゃんと理由を聞くわよという心配そうな顔を僕に向けた。

「何かってほどでもないですけど、部活で」

「部活で何？」

「えっと、夏季大会で高跳びに出るのがどっちかってなって、ああ、でも、けんかしたわけじゃないからこれは関係ないか。ただ、先輩がいじいじしてるから、腹が立っただけです」

僕は部活での一件をありのまま話した。全て話して、早く解放されたかった。

「腹が立ったから、靴を捨てるの？」

「すみません」

「最低な行為だわ。それはわかるわよね」

「はい」

僕は神妙にうなずいた。最低と言うほどのことなのかはわからないけど、防火水槽に捨てるのは良くなかったかもしれない。あの靴だって、親に買ってもらったものだろうし、大会前にみんなが集められたのも迷惑だったと思う。

「いくら相手がいじいじしてようが、気に入らなかろうが、靴を捨てることにはつながらないわ」

「はい」

「ねえ、神田君。みんながみんな神田君みたいに強いわけじゃないのよ」

「は？」

強い？　しょっちゅう殴られては、倒れてる僕が？　岩村の言葉に、僕は思わず疑問の声を出した。山田に「おい、ちゃんと話を聞け」と怒鳴られたから、また神妙な顔に戻したけど、このおばさんは何を言ってるのだろう。

「あなたがこんなことするのは、不幸な人間だからよ。いくら高跳びが跳べたって、不幸なのよ。本当に幸せな人は決して人を傷つけないわ。人の弱さがわからない人間が、一番弱い人間なのよ」

僕は高跳びができることを鼻にかけて、靴を捨てたわけではない。幸せだなんて思ったこともないし、そもそも高跳びを跳べることが幸せや強さに結びつくわけない。どこかで話が完全にずれてる。そう思ったけど、岩村に説明したってしかたない。僕は投げやりさを悟られて説教が長引かないように、ただ静かにうなずいた。

「神田君は人の気持ちを考えたことある？　人間として、一番大事なことよ」

「ありますけど……」

「だったら、もっと思いやりを持たなきゃだめよ。できない人の気持ちにもなってあげなきゃ」

「はあ……」

できない人って誰を指しているのだろうか。斉藤先輩のことなら、失礼だ。そんなこと岩村が判断することではない。だけど、すっかり自分の説教に酔ってる岩村は、勝手に話を進めていった。

「強い人間になるには、思いやりが必要よ。思いやりがあってこそ、人は強くなれるの」

「はい……」

「神田君は本当は優しい子なんだから。先生はいつも見てよく知ってる。先生、あなたのこと、信用してるのよ。だから、二度とこんなことしないで」

最後にわけのわからない暗示を僕にかけて、岩村は満足げに説教を終えた。

「神田」

山田が立ち上がって僕に一歩近づいた。最後の締めだ。

「はい」

「嫌いなやつもいるだろうし、気の合わないやつもいるだろう。みんなと仲良くしろとは言わない。腹の立つこともあるだろう」

「はい」

「でもな、最低限、やっていいことと悪いことはある。わかるな」

「わかってます。すみませんでした」

僕は素直に頭を下げた。

「これから先生たちはお前の行動を見てる。やってしまったことは取り返しがつかない。これからの態度で返していけ。いいか、よく考えて行動しろ」

山田は僕の肩を軽く叩くと、相談室から出て行った。

「えっと、保護者の方に連絡するけど」

山田がいなくなると、岩村が言った。悪いことをしたら、中学生の僕たちだっていくつかお決まりの約束事がある。次は保護者の出番だ。

「お母さんはもう仕事に出てて帰りが遅くなるし、お父さんのほうが都合がいいと思います。歯医者に電話してください」

僕はてきぱきと答えた。

「そうね。お父さんに来ていただくほうがいいかもね」

岩村としてもスナックのママよりも歯科医師のほうがいいのだろう。岩村は早速電話をかけに職員室へ向かった。

お母さんは入学式や体育祭から参観日やＰＴＡ球技会まで、どんな行事でも仕事を休んで学校に来てくれた。今回だって学校からの呼び出しとあれば、飛んでくるはずだ。でも、こんなことが知られるのはお母さんより優ちゃんのほうがいい。

優ちゃんが怒ってキレる可能性がないわけではないけど、僕を責めることはしないだろう。優ちゃんは僕の行為を最低だと言うことはできないはずだ。

岩村が電話をして三十分も経たないうちに、優ちゃんは慌てて学校にやってきた。優ちゃんは一部始終を聞くと、多少驚いた顔はしたけど、僕を怒鳴ったり叱ったりすることはなかった。ひたすら岩村に頭を下げて、すぐに斉藤先輩の家に謝罪に行くと約束をした。

岩村はサービスのように、「いつもは神田君とてもがんばるよい生徒なんですよ」と付け加えた。優ちゃんも「家でもよく動いてくれるし、気のつく子なんですけど」と言いながら、また謝った。

優ちゃんがどんな気持ちでいるのか、さっぱり読めなかった。キレてはいない。それがわかるだけで、不愉快なのか、がっかりしているのか、どうでもいいのか、わからなかった。

「得した。歩いて帰らずにすむ」

僕は優ちゃんの車に乗り込むと、陽気に言ってみた。優ちゃんは何も答えなかった。僕もそれ以上しゃべらずに黙って窓の外を眺めた。まだまだ日は暮れそうにない。夏ってこんなにうっとうしい季節だったっけ。まっすぐに入ってくる西日に僕は目を細めた。

「隼太、こんなのだめだよ」

車が学校から離れてからようやく、優ちゃんは口を開いた。

「何が？」

「腹が立っていたのなら、俺にやり返せばいい」

優ちゃんは前を向いたままで言った。

「別に優ちゃんへの仕返しにやったわけじゃないよ」

「でも、俺のせいだろう？」

「へ？」

「隼太がこんなことするのって、俺のせいだ。普段からなんていうか、ひどい目にあってるから、だから隼太は」

「違うよ。そんなの全然関係ない。僕は小学校のときから性格が悪いんだ。うそだと思うなら、みんなに聞いてみたらいい」

優ちゃんの見当違いな見解を、僕は途中でさえぎった。

「だけど、普通の生活を送ってたら、人の靴を捨てるなんてことできなかったはずだ」

「今だってちゃんと普通の生活送ってるじゃん」

「普通なんかじゃないよ。隼太は毎日不安やストレスをたくさん抱えてる。俺が暴力を振るうせいで……。ちゃんと満たされていたら、隼太はこんな人が悲しむこと絶対にできなかった」

似たようなことを岩村も言ってた。僕はうんざりした。

「じゃあ、優ちゃんは幸せじゃないから、僕を殴るの？　違うだろう？」

「それはわからないけど」

優ちゃんは少し戸惑ってから、それでもはっきりと言った。

「でも、隼太、加害者になるのはだめだ。絶対に」

「勝手だね」

「ああ。俺が悪いんだ。だから俺にやってくればいいんだ。他人を傷つけるのはやめてくれ」

「勝手だ」

岩村の話も優ちゃんの話も的外れだ。斉藤先輩のスパイクシューズなんか、どっかに飛んで行ってる。僕は窓の外に視線を戻した。車は斉藤先輩の家に行くために山手のほうへ進んでいる。

「自分のこと棚に上げて、すごい勝手だってよくわかってるんだ。隼太が納得できないのも当然だと思う。だけど、隼太、なんていうか、こういうのはだめだ。イライラしたり腹が立つときは、いくらでもどんな方法でもいいから俺にあたってくれればいい」

「あっそう」

「とにかく、誰かを傷つけるのだけはやめてくれ」

「はいはい。できたらね」

僕がいい加減に流すのに、優ちゃんは車を道の端に停めて、僕のほうを向いた。

「隼太、頼むよ」

「なんなんだよ」

「頼むから、こんなこと二度としないでくれ」

優ちゃんはきちんと確認しないと気がすまないのか、僕の目を窺《うかが》った。

「頼むようなことじゃないじゃん」

僕は何だか息苦しくなって、目を逸らした。

「何でもいいから、とにかく止めてくれ」

「ああ」

「ああじゃなくて、絶対にだ」

「わかったよ」

「本当に？」

「本当だって。わかったから」

優ちゃんに圧倒されて、僕はうなずくしかなかった。

優ちゃんはお母さんに報告しなかったし、斉藤先輩の家の人も斉藤先輩もわざわざ謝りに来た僕を責めなかった。結局、僕は誰にもとがめられなかった。教師の説教や優ちゃんの強引なお願いは受けた。だけど、いまひとつぴんと来ないまま靴を捨てた事件は流れようとしていた。まさか叱られたいわけではないけど、すっきりしない心地はした。

「靴の話、あっただろう？」

部活後の水飲み場で、僕がこっそりつぶやくと、「靴の話？」と、タナケンは首をかしげた。

「こないだの全校集会のだよ。防火水槽に捨てたってやつ」

「ああ、あったあった。気持ち悪いよな」

「あれ、僕がやったんだ」

晴れない気持ちを持て余した僕は、結局タナケンに打ち明けていた。

「って、どういうこと⁉」

タナケンは声を裏返らせた。

「だから、先輩の靴を持ち出して防火水槽に捨てたの、僕なんだ」

「捨てたって、神田が？　靴を？」

「うん」

「いやいやいや、そんなのあり得ないだろう⁉」

「いや、本当に僕がやったんだ」

「マジで？」

タナケンは周りを気にして、声を低めた。

「ああ」

「うそだろう?」

「いや、うそじゃない」

「冗談抜きで?」

「うん。冗談抜きで」

「まさか……」

「ごめん、本当に僕なんだ」

タナケンはようやく信じたのか、「そっか、そうなんだな」と、独り言のように何回かつぶやいた。そして、

「俺、そんなの、三年生がやったのかと思ってたよ。まさか神田だったなんて……。でも、いや、まあ、うん、そういうことって、誰だってあるよな」

と、慰めるように言った。

「そんなこと誰もしないだろうけど」

「でも、どうして? 先輩ともめた?」

「いや、そんなんじゃないんだけど、ちょっとむしゃくしゃしたっていうか」

「そうなんだ」

「最悪な行為だけどね」

僕はマンガみたいに頭をかいた。タナケンに想像以上に驚かれて、今更自分自身に恥ずかしくなったのだ。

「最悪っていうほど、ひどいこともないけどな。だけど、うーん、ちょっと気持ち悪いな。今どきの病んでる甘えた中学生みたいだ」

タナケンはふざけた顔を作って、震えてみせた。

「そうだな」

「でも、もう、しないんだろう」

「うん。まさかもうしない」

僕がうなずくと、タナケンは「よし、じゃあ、そんなことはもういいや。それより、夏休みの計画立てようぜ」

と、ぱちんと手を打った。

「計画？」

「そう、まずは宿題の分担。神田は英語と数学と理科と社会と国語ね。で、俺は自由研究ってことで高校野球見まくって勝敗表作るって、どう？」

タナケンが陽気にはしゃぐのに合わせて、

「それって、ずるいじゃん」と、僕も声のトーンを少し上げた。

「やっぱりばれた？　じゃあ、何するかあみだで決めよう」

「ああ、英語だけは避けたいな」

「そんなの俺もだよお」

「じゃあ、英語だけは半分ずつにしよう」

「それか、いっそのこと英語は放棄するかだな」

夏の太陽はずっしりと重い。だけど、タナケンと笑っていると、夏休みがちゃんとやってきているように、少しだけ思えた。

7

僕は夏季大会には出なかった。

顧問の橋田も「まあ、今回は自粛すべきだな。しっかり反省して、また夏休みからがんばれ」と僕の申し出をあっさりと受け入れた。お母さんには捻挫したみたいで足が痛いということにしておいた。

そして、だらけた日々はそのまま続いた。大会後の夏休みの部活動にも、僕は参加しなかった。

「隼太、そろそろ部活行きなさいよ。足だってもういいんじゃないの？」

「まだ痛いんだって」

朝から家でテレビを見ている僕に、お母さんは不満たらたらだった。

「だからって休むことないじゃない。筋トレとかさ、行ったら行ったでできることあるでしょう」

「そのうち行くよ」

「そのうちっていつ？　もう夏休みも一週間が終わってるのよ。みんな朝早くから学校行って練習してるのに、隼太だけこんなダラダラしてていいの？」

お母さんは騒々しくあちこち片付けながら僕に声をかける。

「いいんだってば」

僕は朝の情報番組を寝転がったまま見ていた。

テレビからは中学生の僕に必要な情報も興味のある情報も、一つも流れてこない。案外夏休みはつまらない。去年の僕は、夏休みの部活動を一日も休まなかった。高跳びに夢中になっていたし、家でお母さんといるより、学校で動いているほうが楽しかった。

「休んでいるうちに、体力も落ちるし、もっと行くのが億劫になるわよ」

「そうだな」

「そうだなってわかってるの？」

「わかってるよ」

たかが休み中の部活に行かないだけなのに、お母さんは不登校の子どもを扱うようにぴりぴりしていた。いつもは優ちゃんと二人の時間が多いけど、夏休みは夕方までお母さんと過ごす羽目になる。本当の家族と長い時間いるのは、気詰まりだ。

「勉強のことではとやかく言わないけど、男の子なんだから身体は動かさないと」

「ああ」

出た。お母さんの十八番。勉強はしなくても運動はしろってやつ。そう言うことで、理解がある親をアピールしている。僕はお母さんが思うほど、勉強を毛嫌いしているわけでもないのに。

「起きたんだから、途中からでも学校に行きなさいよ」

「ああ」

「今からでも間に合うじゃない。先生だって心配してくれてるのに」

「わかってるって」

毎朝同じようなお母さんの話を聞くのもしんどいし、顧問の橋田も「ちゃんと練習に顔を出せ」と、何度か電話をかけてきている。そろそろ学校に行くべきだと思ってはいるけど、憂鬱だった。高跳びをしたいという意欲もなくなっていた。

「わかってるって、昨日も隼太そう言ったじゃない」

「そうだっけ」

「とにかく、家で無駄に時間を過ごすのはやめなさい」

「そうだね」

「そうだねって、お母さんの話聞いてるの？」

「聞いてる」

僕はしぶしぶ立ち上がった。

「どこ行くの？」

「ちょっと身体、動かしてくる」

家にいるとろくなことはない。僕はTシャツと短パンのまま家を飛び出した。外はすでにアスファルトが太陽で暖められて、目がくらむくらい暑かった。とりあえず歩き始めたものの、行くあてはなかった。野球部のタナケンはせっせと部活動に励んでいるし、本木はハワイに行くと浮かれていた。学校には足が向かないし、仕方なくローソンにでも行こうと思っていたら、ひらめいた。僕にはローソンと友達の家以外にも行く場所があった。

小児科と眼科と接骨院が一緒になっている建物の二階に神田歯科はある。小学生のときは割と通っていたのに、神田隼太になってからは虫歯もなくなり、ここに来るのは初めてだった。まだ新しいビルの階段を上ると、きれいに磨かれたガラスの扉に診察時間やら電話番号やらが書かれていた。午後八時までとなっていた診察終了時刻が、白いビニールテープで消され六時に変えられていた。そっか、昔は遅くまでやってたんだな。そんなことを思い出しながら扉を開けると、消毒の匂いと軽やかなクラシック音楽と冷たいクーラーの風が一緒にやってきた。一気に身体が冷えて気持ちがいい。入り口でベトベトになった身体を冷やしていると、

「おはようございます」

と受付のお姉さんに声をかけられた。待合室には夏休みだけあって、子どもを含めたくさんの患者さんが座っている。そっか。ここはスナックローズみたいに、自由に出入りして勝手にくつろぐ場所ではないんだ。

「すみません、あの、治療じゃないんですけど」

僕はスリッパに履き替えて、受付の前まで進んだ。

「じゃあ、どうしたのかな？」

お姉さんはさわやかに微笑んだ。

「あ、えっと、僕、神田です」

「神田君ね」

「はい、あの、お父さんにちょっと」

お父さんと呼ぶのは抵抗があった。お父さんなんて単語自体使うことがないし、そも

そも優ちゃんは息子ができたとみんなに話しているかどうかもわからない。おかしな子どもだと疑われたらどうしようかと心配したけど、お姉さんはすかさず、「ああ、そっか、神田隼太君ね」と言ってくれた。

「今、お父さん、治療中なんだけど、急用かな?」

「いえ、遊びに来ただけです」

「そっか。じゃあ、手が空いたときに先生に伝えるね」

「はい。すみません」

お姉さんに勧められて、僕は待合室のソファに座った。本でも読もうと物色してみたけど、絵本と雑誌しかなく、みんなのことを眺めることにした。

子どもたちはさすがにびびっていて落ち着かない。すでに診察室から聞こえる音だけで泣いている子もいる。歯の治療は実際の何倍も恐怖をそそる。もっと愉快な音を鳴らす機械に変えられないものだろうか。優ちゃんにかかれば、ささっと終わっちゃうのに。

「おお、隼太じゃないか!」

しばらくすると、優ちゃんが待合室に顔を出した。白衣を着ているせいか、いつもより大きく見える。

「朝、会ったところだよ」

優ちゃんがあまりにも嬉しそうな顔で言うのがおかしくて、僕は笑った。

「そうだけど、わざわざここに来るなんてすごいじゃん」

「すごいのかな」

「すごいすごい。だいたい息子になってから、病院に来るなんて初めてだろう?」

「まあね」

「どうした? 突然歯でも痛んだ?」

優ちゃんは少し首を右に傾けた。

「どうしたってほどのこともないんだけど、まあ、なんていうか、家が退屈すぎたから散歩のついでみたいな」

「退屈って、せっかくなぎさとゆっくりできるのに?」

優ちゃんは意外そうに言ったけど、それこそ意外だ。僕は不服をもらした。

「普段の日曜日だってお母さんとたっぷり一緒にいるじゃん。それに、去年の夏休みも冬休みも春休みもずっと一緒にいたんだよ。朝から夕方まで。もう十分なんだ」

「そっか。隼太、反抗期だもんな。でも、悪いんだけど、十二時すぎまでは手が放せないんだ」

優ちゃんは申し訳なさそうに手を合わせた。

「いいよ。ただ見物に来ただけだから。あ、何か手伝うことある?」

「うーん、隼太、医師免許持ってる?」

「英検なら、この前四級合格したけど」

「いいねえ。じゃあ、おいで。ここで適当に好きなことして、見ててくれたらいいよ」

優ちゃんは僕を診察室の中に入れてくれた。治療されるわけでもないのに、診察室に入るなんて、誇らしいようなくすぐったい心地がした。

座って見ててと椅子を出してもらったけど、僕は助手のお姉さんと一緒に机の上を拭いてみたり、器具を並べてみたり、手伝っているふうなことをした。

「隼太君だっけ？　器用なのね」タオルを畳んだだけで、お姉さんはにっこり微笑んで褒めてくれた。助手のお姉さんはどの人もきれいで、薄いピンクの白衣が上品で、靖子姉ちゃんや美雪おばさんより、いい意味でも悪い意味でもとても清潔な感じがした。

優ちゃんは手際よく、四つある治療台を行き来して歯を治していた。「ほら、ちっとも痛くないよ。十秒だけ目つむってて」そんなことを言いながら、泣きじゃくっている子どもも、あっという間に治療してしまう。昔は僕の歯もこうやって治してくれた。

優ちゃんは助手のお姉さんたちにも偉そうじゃなく的確に指示を出し、その合間に「悪い」って感じの笑顔を僕に向けた。診察室の中の優ちゃんは優しくて賢くてすっきりしていて、やっぱり格好良かった。どこをどう見たって、突然キレだすようにも、いじいじ悩むようにも見えなかった。こんなふうに表面に出てる部分だけで、ずっと勝負できたらどんなにいいだろう。自分の全部じゃなくて30％くらいでやっていけたら、いつもスマートでいられるのに。

だけど、僕は助手のお姉さんや常連の患者さんが知らない優ちゃんを知ってる。知らないほうがいいような部分だけど、それでも、少しだけ優越感があった。

「ごめんな」

午前の診療は十二時までなのに、一時前になって優ちゃんはようやく最後の患者さんを見送った。

「全然。あっという間だった」

歯の治療を見るのは愉快だった。自分が患者のときには周りなんてちっとも見ていなかったから、新鮮だった。

「よし。昼ご飯一緒に食べに行こう」

優ちゃんは白衣を脱ぎながら言った。

「昼ご飯?」

「おなか空いただろう? 車でちょっと行けば、マクドナルドもデニーズもあるよ」

ファストフードにファミリーレストラン。そりゃ最高だ。照り焼きマックサンドやデニーズのチーズハンバーグを想像するだけで、おなかは一気に鳴り出した。外食は僕の最大の喜びと言っても過言じゃない。けれど、待っているであろうお母さんを想像すると、誘いに飛びつけないのが、僕の弱いところだ。

「行きたいけど、でも、お母さんに何も言ってこなかったからなあ」

「そっか。じゃあ、帰ったほうがいいな」

優ちゃんはあっさりと僕を誘うのをあきらめてしまった。

「あーあー。どうせ野菜がいっぱい入ったそうめんとか、野菜がいっぱい入ったラーメンとか、野菜がいっぱい入ったチャーハンが待ってるだけなのに」

「いいじゃん。身体によさそうで」

「そう？　僕は野菜がちっとも入っていないハンバーガーが食べたいけどね」

そう嘆くと、優ちゃんは野菜を食べるのは子どもの義務だよと笑った。

「仕方ない。義務を果たしに帰ろっかな」

「なんか、待たせておいてさよならも悪いな」

「いいよ。十分涼んだし、結構楽しんだから」

「そう？　あ、そうだ、隼太、検診してやるよ」

「へ？」

「歯、診てやる」

「そんなの、いいよ」

僕は首を横に振った。昔はここで優ちゃんに歯を治してもらっていた。だけど、それは上村隼太のときの話で、今となっては恥ずかしい。

「どうして？　隼太、歯の治療好きじゃん」

「まさか。歯の治療が好きな人なんているわけないじゃん」

　僕は眉をひそめた。

「そうなんだ？」

「そうなんだって、何、その情報？」

「情報っていうか、ほら、隼太、最初に治療に来たときから、けろっとしてただろ？まだ小さかったのにまったく泣かずにさ。子どもにとって歯医者なんて無条件に怖いはずなのに、いつもびくともしないし、珍しい子どもだなって印象に残ってたんだ」

「そうだったかな」

　確かに僕はここで泣いたことはない。自分より大きい子どもがそばで泣きじゃくっても、涙を浮かべることもなかった。でも、それは歯医者に限ったことじゃない。保育所でだって同じだっだ。保育所の朝、送ってきた親がさよならを言うと、ほとんどの子どもたちは泣き叫ぶ。母親にしがみついたり、追いかけたり、門から動こうとしなかったりする。けれど、僕は絶対に泣かなかった。そんなことをすると、お母さんが困るのがわかっていたからだ。僕が元気そうに手を振ると、お母さんはほっとした顔をする。

「隼太が強くて助かるよ」まだ小さかった僕にも、その言葉はどしんとのしかかっていた。僕が泣くのは、僕が本当に怖くなるのは、夜、一人になったときだけだった。

「ま、嫌いでもいいや。診るだけだからさ」

「いいってば」

「何遠慮してんだよ。もちろんただでだよ。お得だろ？　さあ」

優ちゃんは僕の腕を引っ張った。

「いやいやいや、何ていうか、だめだ」

「何だよ、それ」

「何ていうか、ほら、歯を見せるには知られすぎてるからさ」

僕がそう言うと、「ばかだなあ」と、優ちゃんは爆笑した。

「いいから見せてよ。歯医者の息子に虫歯があったら商売あがったりだし。人知れず治療しておかないと」

優ちゃんは笑ったままで、僕を診察台へ促した。

僕はしぶしぶ診察台に座って、しぶしぶ口を開けた。よく知っている人に口の奥まで見られるのは、やっぱり照れる。優ちゃんはそんな僕にお構いなしに、マスクも手袋もはめず口の中を覗き込んだ。

「お、きれいじゃん」

「ちゃんと歯を磨いてるもん」

僕は口を開けたままで、ふがふがと答えた。

「虫歯もゼロだし、歯茎の色もいいね。歯石も溜まっていないし。うん、ばっちりだ」

「だろうね」

歯科医の息子になったうえに永久歯に生え変わって、僕はしっかりと歯を磨くようになった。乳歯と違って、永久歯は生え変わらない。永久に使う歯という名前にプレッシャーを感じる単純な僕なのだ。

優ちゃんは丁寧に僕の歯を見終えると、うがい用の紙コップを渡してくれた。

「久々に優秀な歯を見た」

「そう?」

「うん。十年に一度あるかないかのすばらしい歯だ」

他人に歯を見せる機会がそもそもないけど、そんな褒め言葉言われたのは初めてだ。

「うそくさい台詞だなあ」

僕は肩をすくめた。

「本当だよ。最高の歯だ」

「優ちゃん、どうせ患者さんみんなにそんなこと言ってるんだろ?」

「失礼な。せいぜい一日二、三十人くらいにしか言わないよ」

「ほぼ全員じゃない」

僕は小さくずっこけて見せた。

「うん。入れ歯の人以外な」

優ちゃんはケラケラ笑った。優ちゃんが本当にそれぐらいいい加減だったら、どんなにいいだろう。僕はそう思いながら、十年に一度の逸材である歯のために丁寧にうがいをした。

8

「隼太、明日旅行でも行こうか」

八月に入った金曜の朝、唐突なことをのんびりと優ちゃんが言い出した。

「旅行？　っていうか、明日!?」

休みなのは僕だけなのに、夏休みは普段より朝ご飯がゆっくり進む。エアコンはあるけど、お母さんは基本的に扇風機しかつけないから、食卓は朝から暑い。

「旅行というと、大げさだけど」

優ちゃんは少し照れくさそうに、コーヒーを口にした。

「どこに行くの？」

「どこっていうか、俺の実家」

「優ちゃんの実家？」

僕は首をかしげた。優ちゃんの実家には行ったことがなかったし、どこにあるのかすら知らなかった。

「いいじゃない。行っておいでよ」

お母さんも勧めた。

「行っておいでって、お母さんは行かないの？」

「だって仕事だもん。残念だけど」

そう言うお母さんはちっとも残念そうじゃない。

「なんかいいだろう？　男二人旅っていうのも」

「まあねえ」

僕はハムとチーズを載っけたパンをほおばった。ハムチーズトーストは最近お気に入りの食べ方だ。とろけないように少しパンが冷めてからチーズを載せるのがコツ。男二人旅。響きは演歌みたいでかっこ悪いけど、お母さんが一緒より融通が利くし気楽な感じはする。だけど、優ちゃんの実家に行くのが楽しいかどうかは不明だ。

「優ちゃんの実家って、ちょっとした豪邸なんだよ。近くに大きな川もあったたし、サイクリングセンターとかもあったし、結構遊べるとこもあって良い所なんだ。って言っても、お母さんも結婚する前に一回しか行ったことないけど」

「ふうん」

「それに、たまには二人でゆっくり出かけるのって、素敵じゃない？　一緒に暮らし始めてから優ちゃんと隼太って外出もあんまりしてないし」

僕にとって良い気分転換になると思っているのだろう。ついでにこれを機に部活にも行く気になるかもと思っている。お母さんは誰よりも乗り気だった。

「そうかな」

「そうそう。この旅行をのがすと、夏休みのお出かけはゼロになっちゃうわよ」

「それは嫌だな」

僕がそう言うと、

「じゃあ、決まりな。っていうか、実はずいぶん前から明日は休診日にしちゃってたんだけど」

と、優ちゃんがいたずらっぽく笑った。


翌日は、空もアスファルトも緑も色濃くきれいに晴れた。

「おばあちゃんとおじいちゃんによろしくね」とか、「行儀良くしてよ」とか、「返事ははっきり、挨拶《あいさつ》や言葉遣いに気をつけなさいよ」とか何度も繰り返すお母さんに、小学生じゃないんだからとイラつきながらも、お母さんを置いて二人だけで行くことに気兼ねもした。行き先は別にしても、お出かけと留守番だったらお出かけのほうがいい。

優ちゃんも僕と同じように申し訳なく思っているのか、せっかくの出発なのに「すぐ帰ってくるよ」とお母さんに手を振っていた。

「どれくらいかかるの？」

車に乗ると、僕はようやくそわそわしてきた。

「そうだなあ。道が空いてても四時間はかかるかな」

「意外に遠いんだね」

「うん。意外に遠いんだ。酔う？」

「ううん。まったく大丈夫」

優ちゃんは車の運転がうまい。高速を進む車は、久々に僕をわくわくさせた。お母さんの説教を聞きながら朝を過ごして、昼から一人で無意味にだらけた一日を送る。何一つ楽しくない夏休みだった。ただの実家への里帰りかもしれないけど、この旅行は十分僕を日常から連れ出してくれそうだ。

「優ちゃんはどれくらいぶりに帰るの？」

「俺もかなり久しぶり」

「優ちゃんのお父さんとお母さんって、どんな人？」

僕は窓の景色と優ちゃんを交互に見ながらあれこれ訊いた。優ちゃんの実家に行くのは初めてだったし、優ちゃんの両親にも結婚式のときに会ったきりだった。

「どんな人って、隼太結婚式のときに会ったじゃん」

「あのときは、優ちゃんとお母さんばかり見てたから、わからなかったんだ」

おじいちゃんは白髪で、おばあちゃんは着物を着ていた。残念ながら、それぐらいしか僕の記憶にはなかった。

「うーん、そうだな。親父は厳しい人だよ。見るからに昔ながらの厳格な親父って感じが漂ってるかな。今は病院の仕事も引退して、ゆっくり暮らしているから、少しは穏やかになってるけど。お袋はこまごまとよく動くかな。ちゃきちゃきした人」

「なるほど」

怖いおじいちゃんときびきびしたおばあちゃん。これは少し疲れそうだな。優ちゃんのトラウマだった人なんだから、厳しくて当然かもしれない。

「優ちゃんって、実家の病院で働かなかったの？」

「俺、次男だからね」

「そんな理由なんだ」

「うん。ついでに兄貴のほうが優秀だったし」

優ちゃんのお兄さん。結婚式で会ったであろう人を思い浮かべようとしたけど、おばあちゃんやおじいちゃん以上に思い出せなかった。

「優ちゃんだって、歯治すのかなり上手じゃん」

「歯はね。でも、俺の家は内科なんだよ」

優ちゃんは笑った。

「それだったら、優ちゃんも内科にしたらよかったのに」

「そうだなあ。反発したのかなあ」

「反発？」

「家は兄貴が継ぐって決まってるようなものだったし。なんだかんだって強制されるのも嫌だったんだ。ああしろ、こうしろってさ。そうは言いつつ、親父もお袋も俺には何も期待してなかったんだけどね」

優ちゃんはさらさらと打ち明けた。

「なんだかややこしい家庭だね。いっぱい勉強させられそうで金持ちも大変だ。よかった貧乏で」

僕の言葉に、優ちゃんは「金持ちでもないけど」と笑ってから、「だから俺、性格が悪いんだよ。親父は賢ければいいって人だったからね」と付け加えた。

「でも、優ちゃんの名前って、優しいって意味でしょう？　優しくなってほしいって願ってつけたんじゃないの？」

「違う違う。優しいって意味じゃなくて、優れた人間になるようにって意味でつけた名前だよ。俺の兄貴は秀っていうんだ。優秀の秀。秀でる兄と、優れる弟って意味。優れる弟にはなれなかったけど」

「そんなことない。優ちゃんは優れてるし、それにちゃんと優しくなってるよ」

そもそも名前に威力なんてないだろうけど、それでも、僕はなんだか力強くそう言っていた。

「まさか。俺は優しくなんかないよ」

優ちゃんは、僕に優しいと言われたことに本気で驚いたようで、きっぱり否定した。

「優しいよ。時々変わっちゃうだけで、普段は優しい」

「それは、ただ優しくするのが得意なだけだ」

「何それ？」

「優しいんじゃなくて、単にささっと動いたり、人に言葉をかけるのが得意なだけだよ。面倒くさがりじゃないし、気安く動けるから、優しく見えるだけ」

「意味わかんない」

「優しくするぐらいなら、俺にだって簡単にできるけど、優しくなるのは俺には相当難しいってこと」

「やっぱりちっとも意味不明」

僕は理解することを放棄した。優ちゃんが優しくしているのか、優しいのかはわからないけど、いちいちそういうことを考えるのが優ちゃんの軟弱なところだ。

「でも、あれだな。隼太は一人っ子だから、スナックも歯医者も継がなきゃいけないから大変だな」

優ちゃんは話を切り替えた。

「げえ。忙しいな」

「昼は歯医者で、夜はスナックのマスター。なんかドラマみたいでかっこいいじゃん」

「二ヶ所で働くなんて面倒だから、スナックに来た客の歯を治療することにするよ」

僕はそう言いつつ、スナックに来るおじさんたちの歯は汚そうで嫌だなあと想像して眉をひそめた。

途中サービスエリアでラーメンを食べて、さらに車を走らせた。高速を下りて木の多いひっそりした住宅街を奥に入ると、優ちゃんの実家が出てきた。古い昔ながらの病院が併設されている重厚な家だった。

「おお、隼太君。よく来てくれたね」

扉が開くや否や、おじいちゃんが本当に嬉しそうに僕を迎えてくれた。

「あ、えっと、こんにちは。隼太です」

「ようこそ。疲れただろうに。遠くまでたいへんだったたね」

優ちゃんの表現能力はゼロだ。優ちゃんのトラウマは、角ばっているのは顔の形だけで、とろけそうに目がたれた「おじいちゃん」そのものの人だった。

「いえ、大丈夫です」

　僕が想像とあまりに違うおじいちゃんの姿に戸惑っていると、今度はおばあちゃんがおじいちゃんの五倍嬉しそうに、

「まあ隼ちゃん、こんにちは。なんて賢そうな顔してるの。ほらほら、早く入ってちょうだいな」

　と、僕の手を握りしめた。

　一度も呼ばれたことのない甘い呼び名にこそばゆくなりながらも、僕はお母さんの忠告どおりおばあちゃんにもしっかり挨拶をした。

「孫って、噂どおり相当かわいいらしいね」

　優ちゃんはそう笑うと、すっかり迎える側の人間になって「さあ、入って入って」と、僕を中へ引っ張った。

　お母さんに持たされたお土産のケーキを渡すと、おじいちゃんもおばあちゃんも、「いやあ、ちょうど食べたかったんだ」「こんなおいしそうなケーキ見たことないわ」と、どれだけ喜んだら気が済むのだというくらい大喜びしてくれた。

　おじいちゃんたちはしこたま歓迎の言葉を述べると、今度は僕の近況に興味津々《きょうみしんしん》で、学校の様子やら部活のことやら勉強のことやら、何から何まで聞いてきた。おじいちゃ

んたちの熱心さに、ケーキを食べながら、僕は生まれてから今までのことをほとんど話す羽目になった。おじいちゃんもおばあちゃんも、僕が一つ報告するたびに歓声を上げてくれた。運動会のリレーに出たこと、保健体育委員をやっていること、小学校高学年は皆勤だったこと。そんなことがおじいちゃんたちのビッグニュースで、僕はさんざん褒められた。おかげでケーキ一つ食べるのに、一時間近くかかったくらいだ。

話もひととおり終えてケーキも食べ終えた僕に、おばあちゃんは、

「お夕飯の支度するから、隼ちゃん、好きなことして遊んでいてね」

と言ってくれた。だけど、遊び道具は一つも見当たらなかったから、優ちゃんと家の中を探検することにした。

「古い家だろう」

優ちゃんは僕の横をゆったり歩きながら言った。

「何かお屋敷みたい」

太い柱も砂壁も由緒正しい感じがした。クーラーが効いてるわけでもないのに、木でできた家はひんやりしている。木の床は歩くと静かにしなる音を立て、階段を歩くのにも僕は気を遣った。

「ここが兄貴の部屋、で、ここが俺の部屋。どっちも今は使ってないけど」

優ちゃんの部屋もお兄さんの部屋も、机もタンスもそのままで、いつでも生活できそ

うだ。優ちゃんの部屋は物が少ないけど、お兄さんの部屋はギターやらつり道具やらスノーボードやらが並んでいる。部屋だけで推測すると、お兄さんのほうが行動的な感じがする。

「あと、ここがいわゆる書斎ってやつで、えっと、ここはなんだろう。まあお袋の趣味の部屋かな」

二階だけでも八つの部屋がある。どの部屋もきれいに片付いた和室で、本がたくさんあったり、日本人形やトロフィーが並べられていたり、掛け軸やピアノがあったりした。

「優ちゃんの家は相当な金持ちだ」

僕はそう言わずにはいられなかった。

「隼太好きだね、その台詞」

「だいたい家の中をめぐるってことが有り得ないじゃん」

「そう?」

「そうだよ。僕の家なんて一分あれば案内できる」

僕の家は四つしか部屋がないし、どの部屋もせまっくるしい。

「それは隼太が陸上部だからだろ」

「茶道部でも手芸部でも、あんな家、すぐに回れるよ。お風呂もトイレも小さいのが一つあるだけだし、僕の部屋なんてこの部屋の半分の大きさもないし。あーあーうらやましいなあ」

「そうかなあ。金持ちなのもいいことばかりじゃないよ」

「どうして？　お金があれば何でも買えるじゃん」

僕は一向に手に入りそうもないゲームソフトやスニーカーや漫画本を想像して、恨めしくなった。

「俺ね、去年の秋の終わりにダウンジャケットを買ったんだ」

優ちゃんはにこにこしながら、唐突に関係ない話をしはじめた。

「それって、何の話？」

「ダウンジャケットの話」

「ダウンジャケット……？」

「うん。それがさ、そのダウンジャケット二十三万もしたんだ」

「はあ⁉」

僕は心底驚いた。二十三万なんて服に使うお金じゃない。

「ちょっとちょっと、どうしちゃったんだよ。優ちゃん、やけくそにでもなったの？　それとも何かの記念？　っていうか、だいたいどんなダウンジャケットなんだよ。どこでそんなジャケット売ってるの？　すごい装備がついてるの？」

「いやいや、ごく普通の、ほら冬に着てたこげ茶のやつだよ。学生のときから着てたジャケットが破れたから、新しく買っただけ」

確かに冬に優ちゃんはこげ茶のダウンジャケットを着ていた。だけど、どんなものか思い出せないくらい普通のダウンだった。二十三万には見えなかったことは確かだ。

「服に二十三万も使うなんて。アパート買えちゃうじゃん」

「さすがにアパートは無理だろうけど。でも、なぎさにもそんなの中古の車が買えるじゃないのって驚かれた」

優ちゃんは笑った。

「当たり前だよ。服に二十万以上出すなんて、どうかしてる。そんなことするの、日本では叶姉妹だけだ」

僕はあきれた。

「さすが親子だな。言うことが一緒だ。なぎさはそんな買い物するの、日本ではデヴィ夫人と美川憲一だけだって怒ってた。それに、二十三万渡してくれたら、同じようなダウン、ユニクロで五十着買ってきてあげるって息巻いてた」

「そりゃそうだ」

五十着もダウンは要らないだろうけど、僕もお母さんに同感だ。

「でも、すごいのはここからなんだ」

「何？　次は五十万する帽子でも買ったの？」

「いや、なぎさに話をした翌日なんだけどさ」

優ちゃんが、いかにもおもしろいことを言うように間をおいた。

「次の日、どうしたの？」

「なんと、なぎさに別れようって言われたんだ」

「本当に!?」

僕が驚くと、優ちゃんは「本当に」とうなずいた。

「ごく普通の日常で二十万もする洋服を自然に買う人と、生活を共にする自信がないって言われたんだ。ちょうど、結婚しようって話が現実的に進み始めてた頃だったのにだよ」

「へえ。なんかすごいね」

「すごいだろう。結婚の計画立ててたのに、二十三万のダウンを買っただけで振られるんだ」

優ちゃんがかわいそうなのか、お母さんの言い分が正しいのか、僕にはよくわからない。ただ、二十三万もするダウンは重そうで嫌だなあと思った。

「でも、結婚したってことは、仲直りしたんでしょう」

「うん。仲直りって言うか、俺は特に高い洋服を買うことが趣味なわけでもないから。なんか、自分で言うのもおかしいけど、子どもの頃も、一人で働き始めてからも、お金には余裕があったから、しっかりと生活していくということがよくわからなかったんだ」

「ああ、そう」

ずいぶんいやみな話だけど、優ちゃんが話すとまあそうなんだなと思えた。

「だから、だめならそういう買い物はやめればいいと思ったし。うん、最近経済観念がしっかりしてきた。日用品はお客様感謝デーのときしか買わないし」

優ちゃんは大人のくせに素直だと僕は感心した。何より仲直りしてくれて良かった。

「でもさ、毎月最後の日曜日になぎさ、五百円もするプリン三つも買うだろう？　ただのプリンに五百円だよ。しかも、何の迷いもなく」

「給料日のあとだからじゃん。それに、超おいしいプリンなんだ」

小さい頃から僕の家では、月末の日曜日に近所の少し有名なケーキ屋のプリンを買う。牛乳の味も卵の味もしっかりしていて、味なんてものを知らない僕にも、おいしいとわかるプリンなのだ。

「それこそおかしくないか？　プリンに五百円も払うなんて。そんなご馳走食べてるの、そうだな、うーん、日本では梅宮辰夫くらいだな」

「まさか。梅宮辰夫はもっといいもの食べてるよ」

梅宮家の食事を覗いたことはないけど、きっとステーキやらカニやらを普通の日に食べているはずだ。

「千五百円渡してくれたら、俺がローソンで同じようなプリン十五個買ってくるのにって言いたい」

「三人の楽しみだからいいじゃない」

僕がなだめると、本当は全然不満に思っていない優ちゃんはそうだねと笑った。

「よし、もう三回り神田家を歩こう」

優ちゃんは再び二階へ続く階段を上り始めた。

「えー、もう十分わかったけど」

「しっかり運動しないとやばいよ。夕飯すごいことになるからさ」

「そうなの？」

「うん。梅宮家も真っ青だ」

優ちゃんの予告どおり、夕飯はとんでもなく豪華だった。メニューはすき焼きなのだけど、鍋の横にはどう見ても十人前はありそうな肉が並べられていた。星型に切られたにんじん、きれいな切込みが入った椎茸など野菜だって満載だ。

「さあさあ、隼ちゃん食べ盛りでしょう」

おばあちゃんは、いただきますを言い終わると同時に、僕の皿に肉を入れた。

「どう?」

「おいしいよ」

「どんどん食べてちょうだいね」

おばあちゃんは絶え間なく僕の皿に肉を突っ込んだ。普段野菜を食べることが義務の僕は、おばあちゃんの勢いに負けないようにせっせと肉を口に運んだ。

「見ていて気持ちいいな。男の子は食べっぷりが良くていい」

おじいちゃんが僕を見て喜び、おばあちゃんがまた張り切って肉を入れる。その繰り返しだ。おじいちゃんもおばあちゃんも少ししか食べないし、優ちゃんも普段のペースでのんきに食べている。もしかして、僕一人でこの大量の肉を平らげるのだろうか。僕は少し不安になってきた。

「隼ちゃんは大きくならないといけないからね。遠慮せずにどんどん食べなさいね」

おばあちゃんは容赦なく肉を入れてくれる。

「でも、僕、そんなに大食いじゃないんだよね」

おいしい肉であっても、もう食べられない。さっきケーキだって食べたのだ。僕はおなかをさすりながら優ちゃんに助けを求めたのに、

「たらふく食べるのが、おばあちゃん孝行だよ」

と、優ちゃんは取り合ってくれなかった。

優ちゃんは自分の家のせいか、いつもよりわずかにくつろいでいる。僕が殊勝《しゅしょう》にすき焼きを平らげている横で、おじいちゃんとお酒を飲みながら、プロ野球のことや病院のことなんかを話している。

おばあちゃんは自分はすっかりおなかがいっぱいになったらしく、食べることをやめると、僕の横に優ちゃんのアルバムを持ち出してきた。

「ほら見て、隼ちゃん。優は中学校のとき生徒会長だったのよ」

卒業式だろうか。写真の中の優ちゃんは、まっすぐに顔を上げて答辞らしきものを読んでいた。

「へえ、知らなかった」

「あら、そうなの?」

おばあちゃんは話しながらも、僕の皿に肉を入れる。

「うん。そう言えば、あんまり優ちゃんの昔の話って聞いたことないかな」

「じゃあ、次はこれ。高校生のときはテニス部のキャプテンもしてたのよ」

何枚か自慢の写真があるのだろう。何ページか飛ばして、おばあちゃんはテニスの試合の写真を見せた。

「優ちゃんって、すごかったんだね」

僕が優ちゃんのほうに向かって言うと、優ちゃんは、

「そんなの全然だよ。中学のときは学校が荒れてて、他に人がいなかったってだけで教師に無理やり勧められて会長になっただけだし、テニス部のキャプテンなんて知らない間に先輩が決めただけだ」

と、言い訳をした。

「でも、なかなかちゃんとやってたじゃないか」

もう酔いが少し回っているのだろう。おじいちゃんは目を細めて言った。

なんだ。トラウマなんかじゃないじゃん。おじいちゃんもおばあちゃんも、ちゃんと家族だ。僕は少しほっとしながら、ラストスパートをかけて、肉に挑《いど》んだ。

ご飯の後は、網目のついたメロンが出てきた。しかも、一目で不公平だとわかる僕だけ大きいサイズで。ここにいたら、僕はうんと太ってしまいそうだ。もしかしたら、これは新手の虐待だな。僕はすでに肉で溢《あふ》れそうな胃の隙間を探して、おばあちゃん孝行のために皮が透けるくらいきれいにメロンを食べた。

メロンも片付き、やっと食事から解放されると、おばあちゃんはいそいそとトランプを持ってきた。僕が退屈しないようにと用意してくれたのだろう。まっさらなトランプだ。

「トランプなんて小学生以来だよ」

と僕が言って、おじいちゃんも、

「わしだって、優が家を出て以来だ」

と、豪快に笑った。

ばば抜きや七並べや神経衰弱をして、おじいちゃんもおばあちゃんも大げさに騒いだ。十四歳の僕は、どう考えても小学校低学年の扱いを受けている。だけど、トランプは愉快だった。ばば抜きではおじいちゃんの巧みなまやかしにドキドキさせられたし、優ちゃんは七並べで破産ばかりしてみんなをあきれさせ、神経衰弱ではおばあちゃんの見事な記憶力が披露された。単純なトランプ。たわいもないことで笑う時間。それはぬくぬくしていて楽しかった。


「ねえ、まだ十時前なんだけど」

優ちゃんと並んで敷かれた布団の中から、僕は天井を見つめた。九時をすぎたとたん、おばあちゃんに「あらやだ、もうこんな時間。隼ちゃん早く寝ないと」と優ちゃんの部屋に追いやられたのだ。

「子どもは八時に寝ると思ってるんだ」

と、優ちゃんは言った。

「優ちゃんは中学生のとき、そんな早寝だったの？」

「まさか。何十年も前だから、忘れてるんだよ。それに、孫と子どもは全然違うものなんだよなあ。最近のお年寄りは孫を目の中に入れられるらしい」

「すごい芸だねえ。でも、おじいちゃんもおばあちゃんも全然トラウマじゃなかった」

「トラウマ？」

「うん。すごく優しい。トラウマ度ゼロ」

僕はタオルケットを少し引き上げた。外から入ってくる夜の風はひんやり涼しい。

「たまに会うからだよ。それに、二人とも三度も失敗してるから、隼太には慎重に接しようとがんばってるんだろう」

「三度も失敗？」

「兄貴、俺、兄貴の子ども。親父はどれも関わり方をしくじってる」

「そうなの？」

どう関わるのが成功で失敗かはわからない。まさか、ケーキやすき焼きやメロンのうえに、さらに何かを食べさせたのだろうか。

「俺はこんなだし、兄貴は病院を継いでいるのに、この家には寄り付かないし」

「そうなんだ」

「家には顔を出さずに、病院にだけ出勤するんだよ。まあ、兄貴も親父も賢い人間だから、一緒にいると息が詰まるのかな」

「それはわかるな」

夏休み、お母さんとみっちり一緒で気づまりな僕は、偉そうに同意した。

「それに、兄貴の子どもはまだ幼稚園なのに、おじいちゃんもおばあちゃんも嫌いだってはっきり主張するらしいよ。我が子ながらどうしたらいいかわからないって兄貴が嘆いてた。俺を含めて、みんなだめなんだ。だから隼太だけは健全な人間になってほしいって、親父もお袋もがんばっちゃうんじゃないかな」

「なんだか、華麗なる白い巨塔一族みたいだね」

神田家の血をついでいない僕が言うと、「どこがだよ。昼ドラみたいだろう」と優ちゃんは笑った。

「優ちゃんって、自分の家族が嫌い？」

「そんなことないよ。たぶんだけど」

「じゃあ、優ちゃんはどうして、家を出ちゃったの？」

「大きくなったからかな」

「よくわからない答えだなあ」

「じゃあ、隼太はどうして、先輩の靴捨てちゃったの？」

「げえ。ものすごく今更の質問だ」

あのときは何も聞かなかったくせに、突然優ちゃんに尋ねられて、僕はちょっと面食らった。

「秘密だったらいいけど」

「秘密なんかじゃないよ。えっと、なんだっけ、そう、先輩が高跳びで大会に出ないって言い出して、代わりに僕に出ろって言ってきて」

「何それ?」

優ちゃんは僕の答えに拍子抜けした声を出した。

「ほんと。何それなんだ」

「隼太、人を切っちゃだめだよ。隼太はいろんなことに愛想つかすのがちょっと早いからさ。もうちょっと、待ってみなくちゃ」

「うん、まあ、そうだね」

優ちゃんの言っていることの意味はほとんどわからなかったけど、僕はうなずいた。上等なご馳走でおなかも満たされて、のんきなトランプで頭も満たされて、穏やかな気持ちになっていたからかもしれない。

「そろそろ眠れそう?」

優ちゃんが言った。

「うん。十時前だけど」

「電気小さくしようか? 暗くしないほうが寝やすい?」

優ちゃんが立ち上がって、電気からぶら下がる紐に手をかけた。

「優ちゃんって、よく似てる」

「何に？」

「おじいちゃんとおばあちゃんに。神田家はみんな優しい」

「そう？」

「うん。優しくなかったら、あんなに次々肉を入れないし、あんなにいい瞬間の写真ばかりを無理やり僕に見せないよ」

「そうかもな」

この部屋には闇はやってこないから、灯りがついていてもいなくても関係ない。優ちゃんが電気の紐を引っ張る頃には、僕の目はふさがりかけていた。

おじいちゃんとおばあちゃんというのは、こうも子どものことがわからないのだろうか。

帰るとき、おじいちゃんたちは僕に、「優が子どもの頃読んでいたから、隼太にもちょうどいいだろう」と、たくさんの絵本をくれた。『モチモチの木』に『ぐりとぐら』に、『桃太郎』や『親指姫』まで入っていて、僕は少し笑ってしまった。でも、「実は僕、もう中学生なんです」とむげに断ることもできず、「ありがとう」とお礼を言った。他にも、クッキーや果物をくれ、「お母さんにもよろしくね」とお茶のセットもくれた。

「大荷物だねえ」

「これだけで半年は暮らせそうだ」

僕と優ちゃんは、せっせとお土産を車に詰め込んだ。

おじいちゃんとおばあちゃんは僕たちの車が見えなくなるまで、いや、きっと見えなくなってもしばらく、一生懸命に手を振ってくれた。


もうすぐで家に着くというところで、僕たちは寄り道をした。

「俺の親にだけ会うのも、なんだか不公平だろう」という優ちゃんの提案で、僕のお父さんのお墓に寄ったのだ。どうせもうすぐお盆で来なきゃいけないのだけど。

墓地に入ると、僕たちは受付で花と線香を買って、桶に水を入れた。半年に一回は来ているし、優ちゃんとも何度か来たことがあるから慣れたものだ。

「お父さんに嫉妬したりする？」

僕は墓石に水をかけながら尋ねた。熱くなっている石は、すぐに水をはじく。

「それはないな。会ったこともないしね」

優ちゃんは手際よく花を供えた。

「そっか」

考えてみたら、僕も優ちゃんも対面したことのない人のお墓に参っているのだ。お父さんというものが、自分にとって貴重な存在だというのはわかる。だけど、なんとなくこうやってお墓の前に立つと、いつも少し不思議な心地がする。

「でも、なぎさは一人で長い間、隼太を守りながら生きてきただろう?」

優ちゃんは線香に火をともした。

「そうだろうね」

「隼太だってそうだけど。だから、なぎさや隼太の、そういう強さにはかなわないなって思うよ」

優ちゃんはそう言うと、お墓に手を合わせた。

僕は強くないし、優ちゃんはかなわなくなんかないのに。そう思ったけど、僕も黙って手を合わせた。

僕とお母さんとではどうしようもなかったたくさんのことを、優ちゃんはいとも簡単に解決してくれた。

何年間も閉まらないままだったクローゼットの扉を、優ちゃんは五分で直した。届かなくて切れたままにしていた吹き抜けの電球も、替えてくれた。開かないのは困るけど閉まらなくても支障はないし、吹き抜けが暗くたって困らない。僕もお母さんもいい加減に対処していたけど、クローゼットは閉まったほうがいいし、吹き抜けも明るいほうがいい。

「こんなの、俺じゃなくたって業者を呼べば直ったよ」

感心する僕に、優ちゃんは言った。

「わざわざこういうので他人は呼べないのよね。結婚してよかった」

お母さんはそう言って、優ちゃんを「喜んでいいのかな」と、困惑させた。

そんなことを思い出しながら、僕はもう一度しっかりと目を閉じた。


夏休みもラスト一週間になって、僕は部活に参加することにした。このまま二学期がスタートしてしまうと、本気で気まずくなるのがわかっていた。

「過《あやま》ちは誰でもするじゃん」

優ちゃんは言った。

「そうだね」

「俺なんて死んだほうがましなくらいの過ちを隼太にしてる。でも、大事なのは、そのあと、どうするかだよ」

「知ってるよ。そんなこと道徳の教科書に五百回くらい書いてある」

「隼太の学校って、すごく分厚い教科書使ってるんだね」

「まあね」

「俺は何も解決できてないけど、それでも毎日情けない気持ちと付き合ってる。自分がしてるのに偉そうだけど。だから、隼太もちょっとだけ照れくさいとか、バツが悪いとか、それくらいの感覚は乗り越えなきゃ」

　優ちゃんはものすごく恥ずかしそうに言っていた。

　久しぶりにみんなと走ってみる。先輩が抜けてキャプテンも変わった新しい陸上部の体制に戸惑ったけど、それ以上に体力も気力もすっかり落ちている自分に参った。暑さも足の重さもこたえる。アップにグラウンドを走っただけで息を上げていると、

「ほら見てみろ。サボるとてきめんだ」

と橋田に怒られた。

　寝転んでワイドショーを見てると、これだけ退化してしまうのか。自分の身体ながら情けなく思った。

「いい反省材料だろう?」

　橋田はストレッチする僕の背中を押した。

「ああ、まあ」

「ところが、せっかくなのに三日もすれば取り戻してしまえるんだよな、中学生ってやつは」

　三日。中学生であることを喜ぶべきなのだろうか。それでも、三日後に取り戻すには、それなりの動きが必要だ。僕は自分の身体のために、丁寧に筋を伸ばした。

9

二学期はじめに行われるのは、学級役員決めだ。新学期になって、クラスの役員も新しくなる。僕はとりあえず引き続き保健体育委員になった。

学級委員は難航するかと思ったけど、立候補と推薦でタナケンと東《ひがし》さんに決まりそうだった。タナケンはお調子者だけどムードメーカーだし、東さんはテキパキと仕切るのが上手だからちょうどいいだろう。

ところが、いざ決定となったときに、上杉《うえすぎ》が「あの、僕もやってみようと思うんだけど」と手を挙げた。みんなは困惑した。タイミングの悪さに「え?」と言う声も聞こえた。

確かに上杉は成績もいいし、まじめで一目おかれている部分はある。だけど、学級委員という器ではない。嫌われているわけではないけど、マイペースぶりにみんなに面倒がられることもあった。

「上杉君もやるって言ってくれてるけど、タナケンはどうする?」

あっさり却下すればいいのに、担任の岩村は間抜けに言った。

「いやあ、どうしようかな」

タナケンはどう言っていいのかわからず、頭をかいた。

「もういいじゃん。みんなに聞いてみたって、結局タナケンになるよ。あきらめろよ。な」

本木が僕のほうを向いて言った。いかにも、僕の言いそうな台詞だからだ。

「でも、せっかくだし、今回はがんばってやってみようと思うんだ」

勉強はできても空気が読めない上杉は、一生懸命主張した。

「相談しなおすってのも時間の無駄だし、上杉が情けない思いするだけなのにな」

本木が何人かの男子と言い合った。

本木の言うとおりだ。どちらにするか決めるのには、多数決くらいしか方法がない。タナケンは男子にも女子にも人気がある。多数決をしても、上杉が惨めな思いをするだけだ。けれど、本木を見ていると、バルコニーから自分を眺めているような、ざわざわした心地がした。

「早い者勝ちってことでいいよな」

「そうだそうだ。上杉は書記でもやればいいじゃん」

HRが長引くのを避けたい連中が、どんどん本木に同調した。

「神田、もういいじゃんね」

本木が僕に振って、みんなも僕のほうを見た。

そっか。このクラスで僕は、こういう状況を切りあげる役割になっていたんだ。面倒なことをすぱっと切ってしまう係。知らず知らずそういうことを僕はしてきたんだ。それはたぶん喜ぶべきことじゃない。

「おい、神田聞いてるの？　何とか言っちゃってよ」

珍しく戸惑っている僕を、本木は急かした。僕の発言に威力があるわけじゃないし、僕の言葉が何かを決めるわけじゃない。だから、気にする必要はない。そう自分に言い聞かせてみた。でも、頭の中には「加害者になっちゃだめだ」と言う、悲痛な優ちゃんの顔が浮かんでいた。

「あー。もう決まんないのかよお。どっちもやりたいって言うなら、多数決。もうこの際、じゃんけんやあみだでもいいか。よし、先生、どっちがいい？」

僕が黙っていると、本木が仕切りだした。

多数決で現実を見せるのは酷《こく》だし、じゃんけんやくじで万が一上杉が学級委員になりでもしたら、逆にもっと気の毒なことになる。

「あのさ、上杉頼むよ」

僕は立ち上がると、上杉の席まで進み出た。

「ん？」

上杉は不思議そうな顔をこちらに向けた。

「学級委員。今回はタナケンにやらしてやってくれよお。タナケン、中学に入学したときからずっと、学級委員をやりたいやりたいって毎日言ってたんだ。もう夜うなされるくらい」

僕は上杉のまん前に立って、神妙に頭を下げて見せた。

「あ、ああ、そうなんだ」

上杉は突然の僕の行動に驚いて、上ずった声で相槌《あいづち》を打った。

「学級委員になるのは、小学校一年のときからのタナケンの夢なんだ。苦節十年、毎晩毎晩祈ってるんだよ。上杉、変に学級委員になっちゃったら、タナケンに化けて出られるかも。うん、絶対夜、枕元に立たれるな。あいつ執念深いから怖いぜ。今回は譲ってやってくれ。頼む」

僕が上杉の手を取ると、みんな爆笑した。上杉は手まで握られ頭まで下げられた上に、おかしな脅し文句まで混ぜられ、少々面食らってはいたけど、

「ああ、まあ、だったら、いいかな」

とうなずいてくれた。ここまでされたら、そうとしか言いようがないだろう。少し申し訳ない気もしたが、仕方ない。僕はありがとうの意味もこめて、もう一度上杉の手を握った。

タナケンは「悪い」と僕に目で合図を送ると、「サンキュー、上杉。俺、学級委員になったら、上杉をひいきしまくるぜえ。お前が掃除サボっても見逃しちゃう」と、言った。

「何、絵本に凝ってるの？」

数少ない図書室の絵本の棚から、まだ読んでいないものを探していると、関下の声が聞こえた。

そうか。火曜日は関下が図書当番だった。壁に貼られた手書きの当番表を見て、こっそりため息をついた。

昨日の月曜が振替休日だったから、曜日の感覚が鈍った。わざわざ昼休みじゃなくて人気のない放課後を選んだのに、これじゃ意味がない。

「ああ、まあ」

「私も好きなんだ、絵本」

「あっそう」

「絵本っていいよね」

「ああ」

残念ながら、僕は絵本にも関下にもあんまり興味はない。

「神田君、どんな本探してるの？」

一緒に本を探すのも図書委員の仕事なのか、関下は僕の横に肩を並べた。

「いや、特にこれっていうのはないんだけど」

「動物もの？　宇宙もの？　魔法つかいもの？」

「なんでもいいんだ。簡単に読めるなら。寝る前に少し読むだけだから」

「へえ、そうなんだ。私も寝る前に絵本読むよ」

「どうして？」

「は？」

「どうして寝る前に絵本なんか読んでるんだ？」

「どうしてって、神田君も読んでるんでしょう？」

思いがけず僕に食いつかれて、関下は眉をひそめた。

「いや、まあそうだけど。でも、夜に絵本読むって不思議じゃん。何かあるのかなって」

「何もなくても絵本ぐらい読むよ。変なの。神田君がこんなに何かに興味もつの初めて見た」

関下は眉をひそめたままで笑った。

「あっそう」

あまりに関下が笑うので、僕は面倒になって本探しに戻った。

「そうだ。神田君、これこれ。『あらしのよるに』とかどう？　流行ってるんだよ」

関下は僕に本を差し出した。

「ヤギが食べられちゃいそうなやつだろう。いやだよ」

僕はちらっと見ただけで、却下した。

「じゃあ、『七匹の子ヤギ』は？」

「大量にヤギが食べられちゃうやつだろう。もっといやだ」

「なるほど。神田君はヤギ愛好家なのね。じゃあ、『赤頭巾ちゃん』は？」

「おばあちゃんが食べられちゃうやつだろう？　無理無理」

「狼はどれだけ食欲旺盛なんだって話だよね。あいつらって、なんでも食べるんだなあ。そう。ほら、絵本だとどっかに簡単に行けるでしょう？　難しい本だとさ、私賢くないから、入り込むまでに時間かかるし。絵本だと一瞬でどっか行って、そのまま眠れるのがいいじゃん」

「何の話だよ」

「さっきの質問の答え」

「どうして間をおいてから答えるわけ？」

僕はイライラした。関下にはいちいち神経が逆なでされる。

「寝る前にいったんどっかに行けちゃうのって、一日がクリアになる感じでいいでしょ。絵本はすばらしい」

「あっそう」

「あっそうって、神田君の口癖だよね」

口癖じゃなくて、関下といるときだけ言うんだけど。と、僕は心の中でつぶやいた。

「そろそろ私部活行かなきゃ。本借りたら、そのノートに本の名前と神田隼太って書いて、鍵閉めてね」

「いい加減な図書委員だな」

「こうして来てるだけいいでしょう？」

確かに他の図書委員は、図書室にすら来ないことが多い。僕はしょっちゅう勝手に本を持ち出している。委員会の仕事なんてそんなレベルなのだ。

「わかったよ」

関下がいないほうが、落ち着く。僕は貸し出しノートを受け取った。

「そうそう、今日の神田君ってちょっと良かったね」

「は？」

「ほら、ホームルームのとき。うん、格好良かった」

関下はそう言って、さっさと出て行った。

「じゃーん。新しい絵本」

「何？」

「えっと『おおきな木』」

僕が表紙を見せると、優ちゃんが本を手に取った。

「おもしろいの？」

「うーん、中身は知らないけど、ほら、何か、表紙がおしゃれだろ？」

僕はまだ新しそうだった『おおきな木』という本を借りてきた。外国の本で、表紙の絵も大人向けっぽくて、二人で読むのにちょうどいいと思った。

「レベルが高そうな本だな」

優ちゃんはぺらぺらと本をめくった。

「中学校の図書室においてあるくらいだからね」

「よし、早速読むとするか」

僕と優ちゃんは本を開いて、ごろりと寝ころがった。

夏休みにおじいちゃんたちにもらって以来、僕たちは寝る前に時々絵本を読むようになった。

「絵本の読み聞かせは子どもの情緒を育てるのにとてもよく、幼い頃に読み聞かせをしてもらっていた子どもはキレない」と、参考書代わりの心理学の本や虐待防止の本にも何度か出てきた。絵本の効果が本当かはわからないけど、久しぶりに読む絵本は意外に愉快だったし、いい年の僕たちが二人で絵本を読んでること自体、単純におもしろかった。そのうち、おじいちゃんたちがくれた絵本を読みつくしてしまい、最近は図書室で借りるまでになった。

おおきな木と少年はいつでも一緒に遊んでいる友達だった。でも、少年は大人になるにつれて、木と遊ばなくなる。そして、困ったときだけ木のところにやってくる。木は少年が望むままに、木の実を差し出し、枝を差し出し、幹までも差し出す。最後に少年は年寄りになり、木は何もかもなくなり、切り株だけになってしまう。

『おおきな木』を読んでいるうちに、僕も優ちゃんもしんみりした。良い話で、木みたいになれたらいいなとは思ったけど、寂しくなった。

「こういう話は寝る前に暗い感じになるからいやなんだよなあ」

僕はすっきりしない心地に、愚痴《ぐち》を漏らした。

「だな。絵本でも何でもハッピーエンドがいいな」

優ちゃんも言った。

「本当に。こんな話だったら、木が泣いてる表紙にして、『かわいそうな木』とかいう題にしてくれたら、借りなかったのに」

「まったくだ」

そう言いながら、しんみりしていたはずの優ちゃんは突然ふふふと笑い出した。

「何、どうしたの?」

「バットマンのこと思い出した」

「あ! 本当だ! これって、『バットマンビギンズ』のときと同じだ」

僕も同じように吹き出した。

一緒に暮らす前、優ちゃんとお母さんとよく映画に行った。家族になる直前で、儀式のように必死に出かけてた頃だ。そんな僕たちが見た中で一番重かった映画が『バットマンビギンズ』だ。

だいたい映画を選ぶのはお母さんか優ちゃんで、そのときは優ちゃんの選択で『バットマンビギンズ』を見ることになった。ところがこれがシリアスすぎた。

お母さんは、「だって、始まってから終わるまでほとんど画面が黒なんだもん。寝ても仕方ないって」と、始まってすぐに爆睡していた。そのくせ、「いやあ、主人公の男の人、かっこよかったね。ファンになっちゃった」と、パンフレットを買っていたけど。

僕はまじめに見ていたけど、今より子どもだったし、難しくてほとんど意味がわからなかった。ただ、ふんだんに悲しい場面があって、正義の味方のはずなのにバットマンは悩んでいて、かわいそうだった。

「バットマンって、スーパーマンの一種だと思ってたんだ。だってもともと漫画だったし。それにビギンズだよ。レッツビギン！　みたいな感じで、いかにも陽気な映画だと思ったんだ」と優ちゃんは申し訳なさそうにしていた。

「あれは傑作だったね」

思い出して僕たちは一緒にげらげら笑った。

「ビギンズ」の響きだけで楽しそうな映画だと決めていた優ちゃんは、今より少しおおらかだったんだなと思う。

「あの映画だって、『悲しきバットマンセンチメンタル』とかに題を替えるべきだよな」優ちゃんが言って、僕も「あんなのバットマンじゃないな。『ショックマン・シリアス』にすべきだ」とばかばかしい提案をして、また笑った。

二人でふざけているうちに、胸を騒がしていた『おおきな木』の内容はどこかに行ってしまった。くだらないことを言って笑っていると、切ない心地は飛んでいく。気持ちを持て余さないで済む。誰かといるのはやっぱりいい。

「笑いすぎて、眠くなってきた」

僕は笑いながら、あくびをした。

「もう十一時だからだろう。そろそろ寝たら」

「あー、でもまだ日記書いてないや」

「今日はもういいんじゃないかな」

優ちゃんはいい加減なことをとても丁寧に言った。

「そうだね」

日記を書くことと、二人で絵本を読むこと。僕たちの日課は少しずつ増えている。そしてその分、時々日記を忘れたり、絵本を読まずに寝てしまったりすることもある。

「よし。じゃあ、寝る」

僕はよいしょと立ち上がった。

「うん。それがいいな」

優ちゃんも同じようにどっこいしょと立ち上がった。

「ああ、おやすみ。そうだ。隼太。一つぐらい消したら?」

「おやすみ」

部屋に行きかけた僕は、優ちゃんの言葉に振り向いた。

「何を?」

「何をって、ほら、ラジオとか電気とかテレビ」

優ちゃんは絵本を片付けながら言った。

「ああ、そうだね。うん。エコだな」

その夜。眠りにつく前、僕は初めてテレビの電源を消した。

人の噂も七十五日と言うけど、逆のパターンもあるらしい。今頃になって夏休み前の出来事が沸き立ちだした。まあ、僕の場合は噂じゃなくて真実だけど。

山守《やまもり》のｉＰｏｄが紛失した。もともと学校に持ってきてはいけない物だから、教師に言うわけにもいかず、でも納得できない山守は休み時間のたびに「マジうざい」と怒っていた。

買ったからって持ってきて、みんなの前でこれみよがしに使っているからだ。山守は普段からスカートを短くして、校則違反の色つきの靴下を履いている。「私は決まりくらい破っちゃえるんだよね」と、さりげなくみんなにアピールしているのだ。僕は到底かわいそうには思えなかった。

なかなか出てこないｉＰｏｄ、見つからない犯人、あきらめる気配のない山守。クラスのみんなも、だんだんお互いに疑いの目を持ちはじめた。そして、そのうち、どういうわけか僕が盗《と》ったのではという説が教室に舞いだした。直接、「ｉＰｏｄ盗ったのって神田？」と訊かれることはなかったけど、「何だか神田っぽいよな」という雰囲気がクラスに漂っていた。

疑われるだなんて思ってもみなかった。そもそも山守なんて話したこともないくらいだ。それなのに、こんなことになったのは、斉藤先輩の靴の件が原因だ。

「ほら、夏休み前に防火水槽にスパイクシューズが捨てられてたのってあったじゃん。あれって、神田君っぽいんでしょ？」

「ああ見えて、意外と何でも平気でやるとこあるからね」

そういう声が山守周辺からだんだん広がっていった。

疑いたいやつは疑えばいい。山守なんて嫌いだし、山守と仲の良い女子も興味ない。けれど、クラスの妙な雰囲気は落ち着かなかった。

「神田が盗ったの？」と、訊いてくれたら否定するチャンスもあるけど、そんな率直なやつはいないし、自分から弁明して靴の件を蒸し返すのも嫌だった。「靴捨てたのは僕なんだけど、iPodは盗ってないんだ」と言ったって、信憑性《しんぴょうせい》なんかない。

打つ手がなく、「神田は怪しい」という空気の中で、もやもやと過ごすしかなかった。iPodを盗った真犯人に腹も立ったけど、人の靴を捨てたことのある僕に責める資格なんかない。とにかく早く山守が忘れるのを待つことしかできなかった。

「神田、はっきりと違うって言ったらいいのに」

山守たちのグループが、「そろそろ返せばいいのにね」「いつまでしらばっくれてんだろう」と、僕に聞こえそうで聞こえない絶妙な距離でこそこそ言うのに、タナケンは顔をしかめた。

「まあな」

「まあなって他人事だな。お前、疑われてるんだぜ」

「知ってるよ」

「だったらさあ」

教室掃除の当番のくせに、タナケンはほうきを手にはしているものの、廊下でダラダラ過ごしている。

「どっちにしても面倒なことになりそうだろ」

僕はどこを掃くわけでもなく、ほうきを動かした。

「でも、濡れ衣はうっとうしいじゃん」

「靴のことがあるからさ」

「靴なんて昔のことだ。気にすることない」

「でも、異常だろ？」

「何が？」

「靴を捨てたの。ｉＰｏｄは使うから盗ったんだろうけど、欲しくもない靴盗って、使いもせずに捨てちゃうのは、病気だな。われながらぞっとする」

あのときは躊躇なく靴を防火水槽に放り込んだ。けれど、やっぱり不気味な行為だ。

「過去のことなんて、だいたいどんなことだって、おかしいじゃん」

タナケンは気楽に言った。

「そう?」

「そりゃそうだろう。常に昨日の自分って恥ずかしい。俺らって伸び盛りの中学生だから、当然当然」

「タナケンはエブリタイムいいやつじゃん」

タナケンと後悔は無縁に見える。

「んなことない。俺だって、エブリタイム、ウケを狙ってた五分前の自分のあざとさに寒気がするよ。ついでにすべりまくるギャグセンスにも鳥肌立つし。そもそも、みんなに好かれたがってるってのが、格好悪い。でも、止められないんだよな。癖だな、もう。あーやだやだ」

授業中タナケンが間違った答えを言う。みんながどっと笑う。意見が出なくてしぶりがちのHRでタナケンが寒いギャグを飛ばす。教室が軽くなる。全部が全部じゃないだろうけど、そこには少し計算が混ざってる。当たり前のことなのに、改めて知ったような気がする。ちょっとだけタナケンが大人に思えた。

「意外に苦労人だったんだなあ」

僕が言うと、

「タナケンの苦労、神田知らずだからさ」

と、タナケンはほうきをご機嫌に振り回した。

天真爛漫《てんしんらんまん》で陽気。タナケンがそういうやつなのは事実だ。でも、それだけでは、ムードメーカーになれるわけがない。


「あ、隼太お帰り」

お母さんも美雪おばさんもおざなりに僕に声をかけると、また自分たちの話に戻った。最近、スナックローズでは、靖子姉ちゃんの彼氏の話で持ちきりだ。

「だから別れなさいよ」

「そう。このまま付き合ってても幸せになる確率はゼロよ、ゼロ」

美雪おばさんもお母さんも、自分のことじゃないのに、熱心に言う。

僕は勝手に冷蔵庫からファンタを取り出してグラスに入れた。嘘っぽいオレンジの味が、ベタベタした喉にちょうどいい。

「そう思ってるんだけど、なんだかんだと許しちゃうのよね」

靖子姉ちゃんは僕のほうに空のグラスを差し出した。自分にもファンタを入れろという催促だ。当事者のくせに、いつも靖子姉ちゃんが一番深刻じゃない。

「病気なのよ。女に手を上げるなんて人間として最低」

お母さんは眉間にしっかりとしわを寄せた。

「わかってるわ」

酒豪のくせに炭酸が苦手な靖子姉ちゃんはファンタをちびちび飲んだ。

「何？　また殴られたの？」

僕が訊くと、靖子姉ちゃんは「まあね」と、前髪を上げて額を僕に見せた。小さな青あざができている。

靖子姉ちゃんが今一緒に暮らしている男は、ちょくちょく暴力を振るうらしい。この前は鼻の骨が折れたと、姉ちゃんは変なキャップを鼻にはめていた。そのたびにお母さんも美雪おばさんも大騒ぎするけど、もっぱら虐待に詳しくなった僕は、世の中の大人の男が身近な人にたやすく手を上げることを知っていた。鼻の骨や耳の鼓膜が破れるくらいの暴力は、案外日常的なことなのだ。

「そんなふうに甘やかすから、相手がどんどんエスカレートするのよ」

お母さんが言う。そのとおり。暴力は麻痺する。振るう側も振るわれる側も、「まあいいか」と思う幅が少しずつ広くなってしまう。ふうん。お母さんも少しはわかってるじゃん。僕はファンタを一気に飲み干した。

「でもさあ、まあ君、優しいんだよね」

「なにがまあ君よ。もう四十前のおっさんでしょう」

「でも、ギャンブルもしないし、ちゃんと仕事もしてるし」

「そんなこと大人の男なんだから、当たり前じゃない」

お母さんも美雪おばさんも息巻く。何を言ったって、どんなことを代わりに出してみたって、許せない人にとって暴力は最低の行為なのだ。

「だって浮気しない男の人と付き合ったの、初めてだもん」

そう言う靖子姉ちゃんをかわいそうな人だなと、僕は少し思ってしまう。

「浮気のほうがよっぽどましよ。男は基本浮気をするものだけど、女に暴力は振るわないものなのよ」

美雪おばさんが言った。

「だけど、優しいのよねえ」

靖子姉ちゃんはまあ君のことを思い出しているのかうっとりとした。

「どこが優しいのよ。優しい人間は人を傷つけないの」

お母さんは諭すように言って、

「もう病気よ病気。早いところ別れなさいよね」

美雪おばさんはあきれたように言い放った。

「まあいいじゃん。靖子姉ちゃんが優しいって思ってるんなら」

僕が口を挟むと、お母さんは「隼太は冷たいのね」と、言わんばかりの顔を僕に向けた。僕は一応首をすくめてみたけど、こんな話、いくら周りが騒ぎ立てたってどうしようもない。暴力を振るう人間と振るわれている人間の間には、他の人にはわからないものがある。それが何なのかは、うまく説明できないけど。

「毎日、昼ドラのワンシーンみたいな話聞かされてこりごりでしょう」

靖子姉ちゃんは責任を感じているのか、僕をローソンの前まで送ってくれた。九月の終わりは、夏の暑さがまだ残ってはいるけど風はさらりとしている。

「別に。面白いよ」

「そう?」

「うん。あ、ちゃんと姉ちゃんのこと、かわいそうって思うけど」

僕が付け加えると、靖子姉ちゃんはふふふと笑った。

「隼太って、中学生のくせに受け入れ幅が広いね」

「そう?」

「普通の中学生はおばちゃんたちの恋愛のごたごたなんて、うっとうしくて仕方ないじゃん。それなのに、毎日付き合ってくれてる」

「付き合ってないよ。ただ聞かされてるだけ」

受け入れ幅が広いのかどうかはわからないけど、中学生だって受け入れないといけないものがたくさんある。

勉強や部活だけでも十分大変なのに、疑われなきゃいけないし、自分のしでかしたことを背負わなきゃいけないし、ついでに時々殴られたりもする。人生っていうのは、厳しいものなのだ。そんなことにまったく気づかなかった昔の自分が、ちょっとだけ懐かしい。

「ま、同じすねに傷を持つもの同士だもんね」

靖子姉ちゃんはにやりとした。

「すねに傷？」

僕は足元に目を落とした。当たり前だけど、僕の足にも姉ちゃんの足にも傷なんてない。僕は心臓が高鳴るのを感じた。

「隼太のそういうところ、すごいと思うよ」

「そういうところ？」

僕は恐る恐る聞き返した。

「私は知られたくないと思う一方で、気づいてほしいってどこかで思ってしまってる。誰にも知られない苦労や悲しみって、相当へビーじゃん」

「へえ……」

いる。靖子姉ちゃんは気づいている。どこまでなのかはわからないけど、僕の状況を摑んで

「大変なんだねって誰かに思ってもらえるだけで、少し重荷は軽減するでしょ。だから私って平気で顔にあざ作るのかな。甘いよねえ」

「ふうん」

「隼太は徹底してるね」

「まあ……」

本当は靖子姉ちゃんが何をどこまで知っているのかを突き詰めたかったけど、それは怖かった。僕は精一杯何でもないことのように返事をした。

「私もさ、もう少し隼太みたいになれたら、まあ君を何とかできるかな」

「さあ」

「つれないのね、隼太。同類相憐れまないんだ」

「ああ」

「ま、どうでもいいことだもんね。よし、今日は本当にハーゲンダッツを食べよう」

靖子姉ちゃんは勝手に話を切りあげると、ローソンの中へ向かった。

人に知られている。僕の中でそれは大きな出来事だった。同じすねの仲間である靖子

姉ちゃんは、僕が隠している限り、お母さんに話すようなことはしないだろう。それが僕を苦しめることをちゃんとわかってくれているはずだ。でも、誰かに漏れているということは、僕のバリアが弱まっている証拠だ。最近、殴られてないのをいいことに、緊張感がなくなっていた。靴を捨てたことが広まっているのと同じ。なんだって他人に知れるのは時間の問題だ。気を引き締めないといけない。

「今日はきちんと書こう」

お風呂上り、僕は最近滞りがちだった虐待日記を広げた。

「どうした？　唐突だな」

優ちゃんはそう言いながらも、見ていたテレビをちゃんと切った。

「ここんとこ、あまり書いてなかったからさ」

「まあ、そうだな」

「ほら、六日も書いてない。ちょっといい加減になりすぎた」

僕は前のページの日付を確かめた。その六日前の日記だって、今日の夕飯は肉団子だったとか、雨が続いて部活が筋トレばかりでだるいとか、まったく虐待に関係ないのんきなことばかりだ。

「書くことないのは、いいことだろう？」

優ちゃんは不思議そうな顔をした。

そりゃそうだ。殴られただの、蹴られただの、怒鳴られただの。そんな記録を残すことは不幸だ。だけど、このぼんやりした感じはよくない気がする。油断大敵だ。

「今日はどうだった?」

僕はボールペンを手に優ちゃんに訊いた。

「いつもどおりで、特にこれっていう問題はなかったけど……」

「全部がいつもどおりではないでしょ?」

「ああ、うーん、そうだな、えっと、患者さんは四十人と少し来て、いつもよりひどい虫歯の人が多かったかな。矯正《きょうせい》もあったし。それで、あ、そうそう、助手の谷田《たにだ》さんが風邪を引いたと言って早めに帰った」

僕がぴりぴりしているのを感じてか、優ちゃんは一日のことを絞り出した。

なるほど。患者の人数を記しておくことは有効かもしれない。疲れとキレになんらかの関係が見出せるかも。僕は約四十人とノートに記した。

「それで?」

「それでって、そんなもんだけど」

「初めての人もいた?」

初診の人の治療は常連より緊張するだろう。予約がないと計画だって狂うかもしれない。

「初めての人は六人いた」

優ちゃんは素直に答えた。

「予約のない人は？」

「初めての人が予約のない人だよ」

「そっか。じゃあ、治療はうまくいった？　助手の人と息は合った？」

「まあ、おおむね」

「午前と午後の間は？　ちゃんと休憩とれた？」

「ああ、とったよ。もういいじゃん、隼太。そんなに細かく覚えてないよ」

優ちゃんは苦笑いを浮かべた。

「だいたいでいいから答えてよ。休憩って、何分くらいできたの？」

「四十分くらいかな」

「四十分ね。何してたの？」

「何って、ご飯食べて……」

「ご飯食べた後は？」

「片付けて、ぼんやりしてた」

「ぼんやりって、何を考えてたの？」

「もういいだろう、隼太」

僕が続けようとすると、優ちゃんはため息混じりのうんざりした声を出した。日記に必死になりすぎて、空気を読めてなかった。目の前の優ちゃんをキレさせたら意味がない。僕は慌てて日記を閉じた。

「そうだね。今日はこれくらいにしよう」

僕が日記を机の上に置くと、優ちゃんは静かに息を吐いて、頭を振った。僕も同じように深呼吸をして、静かに時間を待った。

「そういう隼太はどうだったの？」

しばらくして、優ちゃんはゆっくり僕に訊いた。耐えたのだ。

優ちゃんはあの日、僕が靴を捨てた日からキレていない。もちろん、治ったわけじゃなくて、懸命に自分をコントロールしてるだけだ。感情が形になる前に押し込めてつぶしてしまっている。これは解決でも回復でもない。ただの自戒で我慢だ。きっと、反動となって出てくる。

「僕は……、そうだな、ぱっとしないな」

僕が言うと、優ちゃんはもう一度頭を軽く振った。

「最近ずっとだな」

「そう？」

「隼太、何か参ってるの？」

「どうして？」

「いや、なんとなくだけど、気が重そうって言うか」

「僕のことよくわかるんだね」

僕が言うと、優ちゃんは「ほら、その適当な感じ。何かにてこずっているときの隼太だ」と小さく笑った。

「そっか。やっぱり一緒にいる時間が増えたからかな。ちょっと当たってる」

僕が素直に感心すると、優ちゃんは、

「近くなりすぎるのも厄介だけど」

と、申し訳なさそうに付け加えた。

「そう？」

「だって、親しくなりすぎたから俺は……」

「そんなことない。何だって親しくなればなるほどいい。うん、それは絶対だ」

僕は、優ちゃんの暗い話が始まりそうなのを、先手を打って片付けた。

お互いの様子を窺っていた出会ったばかりの頃、距離を近づけるためいろんなイベントを行っていた頃、お互いのルールを探りながら生活し始めた頃。まだ親しくなかった頃の優ちゃんは、確かにもっと紳士だった。絶対に僕を痛めつけたりしなかった。今、僕たちは少し馴れ合っている。だから暴力も振るえてしまうのかもしれない。

「隼太は寛大なんだな」

「そう?」

「受け入れる器が大きい。親しくなっただけで、何だっていいと言ってくれる」

優ちゃんは靖子姉ちゃんと同じようなことを言った。

「面倒くさいだけだよ。親しくなってしまったら、いちいち嫌になるのはややこしいじゃん。もう一緒にいるんだから、優ちゃんが暴力振るっても、銀行強盗をしても、産地偽装をしても、僕はOKだよ」

僕の言葉に、優ちゃんは「すごい」と、陽気に笑って、

「じゃあ、俺も隼太が靴捨てても、産業廃棄物を捨ててもOKだ」

と、僕に対抗した。

「やるな」

僕たちは二人で笑った。少しだけ空気が軽くなった。今日はこのまま早めに距離をとったほうがいい。お互いのことが少しわかり始めている僕たちは、「そろそろ寝よっかな」と立ち上がった。

「きっとさ、解決するよ」

優ちゃんは「おやすみ」の代わりにそう言った。「そうだね」と、僕は返事をしたけど、このままうやむやになるのを待つしかないはずだ。出来事は何だってそんなにはっ

きり解決なんかしない。

ところが、そんな僕の常識はタナケンによって、覆された。

大問題に発展しないものの、「そろそろ神田だってiＰｏｄ返したらいいのに」という薄暗い空気をタナケンが断ち切ったのだ。

「ぼちぼち言っちゃうとさ、iＰｏｄ盗ったのって神田じゃないよ」

下校直前のバタバタした教室内でタナケンは唐突に発言した。帰りの約束やなんやで盛り上がっていたみんなは、一瞬にしてしんとなった。

「どういうこと？」

「じゃあ、誰？」

山守だけじゃなく、何人かがタナケンの周りに寄ってきた。僕もタナケンが真犯人を知ってるなんて初耳だった。

「言っていいのかな？」

タナケンはぐるりとみんなを見回した。みんなもお互いに顔を見合わせている。この中に犯人がいるのだろうか。みんな誰かが反応するのを待った。

「やっぱ、やーめた。悪いしさ。ま、明日までにiＰｏｄ戻しちゃってよ」

タナケンは注目を集めるだけ集めておいて、いい加減に言い放った。

「何それ、ちょっと待ってよ。今、iPod返してよ」

「そうだよ、謝ってもらわなきゃ」

当然ながら山守たちは抗議した。他の連中も、

「そうだよ。もう、タナケン、犯人言っちゃえよ」

と口々に言った。

みんな誰が盗ったか、知りたくてしかたないのだ。

「残念ながら、発表するのは無理。俺、一応、学級委員じゃん？　失敗しちゃったやつも含め、クラスみんなの味方だからねえ」

タナケンは偉そうに言った。

「なんだそれ」

「タナケンは人を裁かず、悪のみを裁くのさ。ということで、犯人さん、頼むよ。明日には解決させて。ベタだけど、朝早めに来てこっそり山守の靴箱に入れておくとか、ロッカーにこっそり突っ込んどくとかさ。いくらでも方法あるだろ？　iPodは小さいから盗るのも簡単、返すのも簡単。よろしく」

「何よそれ。悪いことしたんだからみんなの前で謝るべきじゃん」

「そうよ。名乗り出てよね」

山守たちは憮然《ぶぜん》としたし、興味津々だったやつらは納得してなかったけど、タナケン

は一人で話を進めた。

「いいじゃん、そんなの。万が一、明日解決しなかったら、それから先生に言っちゃおう。それで、いいだろう？」

「は？　意味不明」

山守が目を吊り上げた。

「先生に知られたら、山守も不要物持ってきてて怒られるし、もちろん犯人も怒られるし、こんなこと起こるのはクラスの雰囲気が悪いとかって、学年集会も開かれるし。みんな悲惨だねえ。おお、こわ」

タナケンは陽気に言うと、さあ、帰ろうぜと、かばんを担いだ。

「誰なの？」

僕は教室を出ると、こっそりタナケンに訊いた。

「何が？」

「ｉＰｏｄ盗ったの」

「そんなの知らないよ」

タナケンはしゃあしゃあと言ってのけた。

「へ？」

「知るわけないよ。学級委員は警察官ではないんだから」

「よくそれでみんなの前で言い切ったね」

僕が驚くとタナケンは当然だという顔をした。

「だって、神田、解決しようとしないんだもん。神田が落ち込んでると、俺だって調子狂うしさ。なんとかするしかないだろう?」

「ああ……何か悪いな」

「ま、どうせ女子だろう。山守って女に嫌われてるし、男が山守のかばんを探ってたら目立つじゃん。誰にしても、学年集会になってみんなの怒りを買うのはやだろうし、絶対明日の朝か、今日の放課後、返すよ」

「なんか、タナケン正義の味方みたいだな」

「だろ?」

「ありがとう」

僕がちょっとまじめにお礼を言うと、「親友だから当然じゃん」とタナケンはこっぱずかしいことをさらりと言ってのけた。

11

救世主が登場した。カルシウムだ。

「カルシウムは骨を丈夫にするだけじゃなくて、イライラを防止する役割もあるの。気持ちを穏やかに保つためにもカルシウムは必要なのよ」

家庭科の授業で塩元が説明した。

「だから毎日給食で俺らに牛乳飲ませるんだ」

本木が言うと、塩元は少しだけ笑って、

「そうね。牛乳イコールカルシウムってイメージは強いわね。確かに牛乳にはカルシウムが多く含まれているし吸収率も高いけど、カルシウムは牛乳だけじゃないのよ。他は何に含まれてるかな？」

と、みんなに質問した。

「ヨーグルト」

「小魚」

「チーズ」

妥当な答えがあちこちから聞こえた。

「よく知ってるわね。他にも、小松菜やひじきや切り干し大根というような、野菜や海草にもカルシウムは含まれてるの。昔の日本人が乳製品を食べなくても骨が丈夫だったのは、和食によく使われる食品にカルシウムがたくさん含まれていたからなのよ」

塩元はそこまで言うと、黒板にまとめ始めた。

なるほど。僕はしっかりとノートをとった。大人の優ちゃんは、牛乳はなかなか飲まない。でも、ひじきの煮物とか切り干し大根は好きなはずだ。

家庭科の授業はためになる。昔は女子が家庭科を受けているとき、男子は技術を勉強していたらしいけど、男女共に習うことになってよかった。時代はたまに正しい方向に動く。

「神田君みたいに、真剣に家庭科の授業聞いてる男子って珍しい」

授業後、廊下で塩元に声をかけられた。

「そうですか」

「料理に興味があるの？」

「いえ、全然」

僕が興味があるのは、強いて言うならカルシウムだ。僕がすぐに否定すると塩元が笑った。

「料理に興味がないのは残念だけど、いろいろ作ってみると楽しいわよ」

「はあ」

「実は男の子のほうが料理上手だったりするから。ほら、シェフとか板前さんとかプロの料理人は男の人が多いでしょう」

「ほんとだ」

「神田君、器用だし、作ってみたら？　きっとお母さんも喜ぶわ」

お母さんを喜ばせる気はなかったけど、優ちゃんにひじきは食べさせたい。塩元のアドバイスを真に受けた僕は、さっそく放課後図書室で料理の本を探した。

「神田君、よく来るんだねえ」

火曜日でもないのに、図書室には関下がいた。

「何探してるの？」

僕が無視して本を物色し始めると、関下はそばによって来た。

「絵本の次は料理？」

「そう」

「そっか、神田君ちっておばちゃん働いてるんだもんね」

「へ？」

「へ？　って、おばちゃん夜、家にいないんでしょう。だから夕飯作るんじゃないの？」

母親が働いている場合、子どもは家事を手伝ったりするものなのか。関下に言われるまでそんな発想はなかった。残念ながら、お母さんは夜家にいないくせに、ばっちり夕飯を揃えてしまう。いつもメインから副菜までしっかりと食卓に用意されている。

「で、何作るの？」

「そうだな……」

ひじきが使われている料理が載っている本を探してみるのだが、なかなか見つけられない。図書室にある本に載っているのは、お菓子やハンバーグなど子ども向けのかわいい料理ばかりだ。

「ほら、今日家庭科でひじきとか切り干し大根とか聞いただろ？　そういうの使った料理が載ってる本ってないかなって」

僕が訊くと、関下は図書委員のくせに、

「ないんじゃない」

とあっけなく言った。

「でも、ひじきとか切り干し大根とかの煮物なら、作り方教えてあげるよ」

やっぱり役に立たないやつだとがっかりしていた僕に、関下は好意的なことを言った。

「知ってるの？」

「うん。知ってる」

関下は椅子に座ると、貸し出しノートの最後のページを破いて、なにやら書き出した。

「すごいな」

「うん。すごいんだ」

関下はささっと書いたノートの切れ端を僕に渡した。

洗って、水に入れて二十分ほど置く。水を切って鍋に入れて炒める。にんじんと油揚げを切って入れる。めんつゆを入れる。十分ほど煮る。

紙には、それだけ書いてあった。

「これって、どっちの作り方？」

わかるようでわからないメモに僕は首をかしげた。

「どっちって？」

「切り干し大根かひじきか」

「どっちでも作り方は一緒なの」

「本当？」

「煮物はどれもだいたいそんなもんよ」

「そうなのか……」

もう一度レシピを見つめてみたが、僕には不明なことが多すぎる。

「これじゃ、分量だってわかんないんだけど。全然さっぱり。何をどれくらい入れたらいいかとかさ」

「神田君、ひじきの煮物食べたことないの？　にんじんと油揚げは見た目にバランスよく入れたらいいし、めんつゆの量は味見でもしたら？　辛かったら砂糖入れて、甘かったらしょうゆ入れて、濃かったら水入れたらいいんじゃない？」

た。
「そんな簡単にいくわよ。じゃあ、私行くから」
関下は適当なことを言うと、図書室の鍵と貸し出しノートを僕に押し付けて出て行っ
「そんな簡単にいくかな？」

翌朝、僕は早速お母さんに申し出ることにした。カルシウム夕食を作るためには、作り方を手に入れるだけではだめなのだ。

「あ、そうだ。いつも作っておいてくれなくていいよ」

僕はものすごくどうでもいいことのように、机の上のパンくずを集めながら言った。

「何のこと？」

「いや、ほら、夕飯。毎日準備してくれなくてもさ。僕、たまに料理とかしてみよっかなって」

「そうなの？」

お母さんは少し怪訝《けげん》な顔をした。どちらかというと良いことを提案しているはずなのに、僕はなぜか胸が痛んだ。

「今、家庭科で調理習ってるし」

「習ってるって言ったって、隼太今まで料理なんてしたことないじゃない」

「そうなんだけど」

「無理しなくていいわよ。お母さん、夕飯くらいいくらでも作っておけるんだから」

「無理するわけじゃないよ」

「じゃあ、わざわざ学校のある日じゃなくて、日曜日にでも作ったら？」

お母さんの言うのもわかるけど、カルシウム献立は優ちゃんと二人のときに、普通の平日の夕飯に、作りたかった。

「そういや、今まで気づかなかったけど、いい年をした男が二人もいるんだもんな。夕飯ぐらい自分たちで準備すべきかもな」

コーヒーを飲みながら、やりとりを聞いていた優ちゃんが、僕の提案を後押しした。

「そんなものかしら」

「そうそう、そんなもんなんだ」

僕は大いにうなずいた。

「そうねえ。わかったわ。よし、じゃあ、何曜日にする？」

お母さんは僕に訊いた。

「何曜日って？」

「隼太が夕飯作るの。それ以外の日はお母さんが準備するから」

「そういうんじゃなくて、なんていうか、適当でいいよ。僕、毎日だって作ろうと思えば作れるし」

決めごとが増えるのは面倒な気がしたし、閑下の簡単料理レシピを思えば何でも作れそうな気がして、僕は大らかに言った。

「そんなの無理に決まってるじゃない。隼太部活だってあるんだし。毎日夕飯作るなんて大変よ」

「大丈夫だよ」

「大丈夫なわけないでしょう。結局誰も作ってなくて、何も食べるものなかったって困るのがオチよ」

お母さんはあきれたように言った。

「大げさだって。僕だってそれなりにできるんだから」

「よく言うわ」

「ねえ、なぎさ。たぶん、俺たち甘やかされすぎてるよ。夕飯くらい俺と隼太で何とかしなきゃ。いつもいつもきちんと用意してもらってるのが情けないくらいだよ。それにほら、いざってときには、インスタントだって、コンビニだってあるんだし。そんな難しく考えなくてもさ」

納得いかないお母さんに優ちゃんは静かに言った。

「インスタントにコンビニって。身体に悪いじゃない」

「大丈夫さ。とりあえず、隼太もなんだか料理に目覚めてるみたいだし、しばらく任せてみようよ」

「そう……？」

「そうそう。僕、実はもう中学生だからさ。夕飯くらい作るって」

「そうね。わかったわ」

おかあさんは面倒な作業が一つ減るのに、寂しそうにうなずいた。


「で、何を作るの？」

学校帰り、関下が買い物に付き合ってくれた。もちろん、頼んだわけではない。関下がいたほうが順調に買い物ができそうな気がしたから、ついてくるのをとがめなかったのは事実だけど。

「初日はひじきの煮物かな」

近所のスーパーは、夕飯の買い物のおばさんたちでごった返していた。日が沈むと共に一気に静かになる小さな町だけど、スーパーの中は活気があった。所狭しと、きのこやら秋刀魚《さんま》やら秋の食材がたくさん並んでいて、コンビニとは違う季節感に僕は少しわくわくした。

「ひじきだったら、こっちよ」

ひじきは海草だと塩元が言っていたのを思い出しながら、魚売り場できょろきょろしていると、関下が僕を誘導した。ひじきは地味な場所にひっそり置かれていた。

「こんなとこにあるんだ」

「乾物だからね」

「なるほど」

僕はひじきを手にして、そのあまりの軽さに驚いた。こんなので百九十八円もするとは高級食材なんだなと思いながら、三つほどかごに入れると、関下が目を丸くした。

「ちょっと、何人分作るつもり？」

「三人分だけど」

「ひじき丼にでもするの？　一袋で十分よ」

「これっぽっちで？」

「そう。それっぽっちで。ひじきは増えるの。それはそれはすごい量になるんだって」

関下は子どもに言うように言った。

「へえ。関下って、意外に何でも知ってるんだなあ」

僕は感心しながら、関下先導のもと、にんじんや油揚げも買った。関下はにんじんの切り方だとか、油揚げの油抜きのしかただとか、かごに入れるたびに細かく教えてくれた。

「母親が厳しいからね」

帰り道、関下が唐突に話し出した。スーパーの中が明るくて気づかなかったけど、太陽はすっかり光を抑えて静かに沈もうとしている。

「何のこと？」

当然の話に、僕はきょとんとした。

「何でもよく知っているの答えよ」

「ああ、そう」

関下は質問に答えるのが、いつもタイムリーじゃない。

「ひじきが十倍になることも、たこを大根で叩くとやわらかくなることも、牡蠣《かき》を大根おろしで洗うときれいになることも、小学校三年生のときにはお母さんに教えられてたの」

「ふうん」

僕は、大根は洗剤にも凶器にもなるんだなと、関係ないことに感心しながら聞いていた。

「小学校入学と同時に、自分の服は自分で洗濯してアイロンがけするようになって、中学校入学と同時に、家族全員のものの洗濯とアイロンがけが私の仕事になったのよ」

「お母さん忙しいの？」

「いいえ。専業主婦よ。女の子なんだから、当然できなくちゃいけないって、料理も洗濯も掃除も徹底的に叩き込まれてるの。あの人、他に趣味がないからねえ」

「厳しいんだな」

「できないよりできたほうがいいから、いいんだけど」

「お母さんが嫌いなの」

苦々しい口調で言う関下に、僕は訊いた。

「別に。どっちでもない。まあ、これ以上、何も教え込まれたくないけど」

夕日でほんのりオレンジがかった顔のせいか、なんだか少しだけ関下が気の毒な気がした。

「そっか。そうだよな。うん、いや、でも、関下が物知りで助かったよ。関下に教えてもらわなかったら、ひじきを繁殖《はんしょく》させてしまうところだったから」

僕が言うと、

「繁殖なんてしないわよ」

と、関下は笑った。

ひじきの煮物の作り方を頭の中で復習しながら帰ると、優ちゃんが「おかえり」の代わりに「電話があったよ」と言った。

「そうだった！」

毎日の習慣なのに、うっかりきれいに忘れていた。ひじきのことで頭がいっぱいだった。とりあえず店に行こうと慌てる僕に、優ちゃんが、

「なぎさには適当に言っておいたから、今日はいいんじゃない。でも、ほら、夕飯作るのと一緒に店に行かなくなったらさ」

と、なだめるように言った。なんて優しい人なんだろうと、僕は申し訳なくなってしまう。

「わかった。明日はちゃんと行くよ」

「うん。それがいいよ。面倒かもしれないけど、やっぱりそういうことってさ」

「わかってるよ」

「よし、じゃあ、さっそく作る？」

優ちゃんはスーパーの袋を台所に運んでくれた。

お母さんは夕飯を作らなくてもいいというのが慣れないらしく、台所にはご飯と味噌汁が用意されていた。

「献立は何？」

「ひじきの煮物」

僕の答えに、優ちゃんは「えらく渋いねえ」と、驚いた。

「そうかな」

僕は早速、ひじきをボールに入れて水をたっぷり注いだ。見たところ、ひじきに変化はないけど、関下が言うんだから、そのうちでかくなるのだろう。

その間に、関下の教えどおり、油揚げを熱湯で茹でて、にんじんを細く切った。難しいかと思ったけど、包丁を使うのは案外おもしろかった。するすると皮がむけ、にんじんはとんとんと切られていく。塩元が言っていたように、男って料理がうまいのかもなと自分ながら感心した。

優ちゃんは僕の横で、レタスときゅうりを刻んでサラダを作り、卵をかき混ぜオムレツを作っていた。

「なんだ、優ちゃん普通に料理できるんだ」

「これくらいは誰でもできるよ」

優ちゃんは謙遜《けんそん》しながら、手際よくひじき煮以外の料理を食卓に並べた。

何倍にもなったひじきを炒め、にんじんと油揚げを投入し、めんつゆを入れる。味見をしてみても、甘いのか辛いのかよくわからない。そもそも、ちゃんとできあがりつつあるのかも不明だ。とりあえず砂糖をパラパラ入れて、十分くらい待ってみた。汁気がなくなり、にんじんも油揚げもしっとりしてきた。

「たぶん……できた！」

「お、おいしそうじゃん」

初めての料理は地味な一品だけど、甘辛いにおいは十分食欲をそそった。

「何だかお袋の料理みたいだな」

優ちゃんがそう言いながら出してくれた上品な器に入れると、ひじき煮はとてもおいしそうに見えた。

「どう？」

まず最初にひじき煮を口にした優ちゃんに、僕は訊いた。

「おいしいよ」

優ちゃんが口に入れてすぐに言うのに、「うそくさいなあ。もっと、味わってから答えてよ」と、僕は抗議した。

「本当においしいって。隼太も食べてみなよ」

優ちゃんに言われて、僕もひじき煮をほおばった。若干味が薄いけど、まあまあおいしい。

「初めてにしては上出来かな」

「うん。上々出来だよ。それにしても、どうして？」

「どうしてって、何が？」

僕は、優ちゃんが作ってくれたオムレツを食べながら尋ねた。オムレツは辛くも甘くもなく、ものすごくちゃんとオムレツという味がした。

「初めて料理するなら、なんていうか、カレーとか、ハンバーグとか作りそうだなって。隼太がひじきが好きって印象もないし」

優ちゃんが不思議がるのも当然だ。好きどころか、今までひじきの存在すら意識したことなかった。

「どうしてって言われるとなあ」

ひじきの効能を説明するのが、吉と出るか凶と出るか計れない。僕がどう答えたものか迷ってると、

「はげないように?」

と、優ちゃんが言った。

「はげ?」

「海草って髪の毛にいいって言うじゃん」

「そうなの?」

「そうだよ。ハゲ防止のために作ってくれたんじゃないの?」

真顔で言う優ちゃんに、僕は笑いが止まらなくなって、本当のことを言った。

「ひじきはカルシウムが豊富なんだって。カルシウム摂ると、気持ちが穏やかになってキレにくくなるって家庭科で習ったんだ。髪の毛にもいいのは知らなかったけど」

「そうなんだ」

優ちゃんも少し笑った。

「カルシウムが含まれている食品って、牛乳以外にもいっぱいあるんだって」

「へえ。隼太は物知りなんだな」

「まあ、カルシウムとひじきについてだけね」

「そっか。でも、抜けにくくも切れにくくもしてくれるなんて、ひじき食べ続けたら長髪になっちゃうな」

優ちゃんは恐ろしくへたくそな冗談を言ってから、丁寧に「ありがとう」と言った。

12

体育祭、文化祭が終了した十月末の中学校は一気にカップルができる。中学校マジックだ。行事で助け合ったりして、一緒に委員なんかしたりして、そのまま公認の仲になっていく。周りもくっつけようとするし、女の子が友達に後押しされまくってアタックするから、成功率も高い。

タナケンと東さんは共に評議員として行事を乗り越えて、みんなの思うままにカップルになった。

関下もそのうち僕に告白するのだろう。なんとなく一緒になる配布係。なぜか隣を歩いている移動教室に向かう階段。そんな段取りを踏まなくたっていいのに。普段はあっけらかんと堂々としてるくせに、くすぐったくて参る。関下の気持ちに気づきつつ、関下が当番のときに図書室に行くのも嫌だと思ったし、いちいち他の女の子の応援を受けたくもなかった。

「関下さ」

「何?」

火曜日放課後の図書室。僕は、誰もいるわけないのに、もう一度図書室の中に人がいないのを確認してから、

「僕のこと好きなんだろう?」

と、ぶっちゃけた。

「何それ?」

関下は耳まで真っ赤にしておきながら、しらばっくれた。

「何それって、僕にさ、告白しちゃうんだろう?」

「告白?」

「そう、告白」

「さあ……」

「来週の水曜日の放課後、三上《みかみ》さんを引き連れて、水飲み場の裏あたりで」

「まあ、当たりだけど……」

中学校での恋愛に関する情報は、だだ漏れだ。関下は力なく笑った。

「やっぱりな」

僕もさすがに照れくさくなって、へらへらと笑った。

放課後の図書室には西日がたっぷり入る。関下はまぶしそうに目を細めて、かすかに首をかしげた。

「嫌なの？」

「嫌じゃないよ。もちろん。うん、全然嫌じゃない……でも」

「でも？」

「でもっていうか、いや、その、なんていうか、ものすごく正直に言うと、関下のことを好きかって言われるとよくわからない」

「つまり、何とも思ってないってことね」

「ごめん。あ、でも、関下に好きだと思ってもらえるのは嬉しいし、関下のことちょっとかわいいとも思ってて、ひじき煮の作り方だって教えてくれたし」

「だから？」

関下は僕がおろおろしている間に、いつもの調子をちょっぴり取り戻して、偉そうに僕を見上げた。

「だから、そう、うん。付き合おう」

僕の言葉に関下は「すごくいい加減なのね」と眉をひそめた。

「とにかく、三上さんに説得されながら、関下の告白を聞くのは嫌なんだ」

「告白聞くのが嫌だから、付き合うの？」

「そうじゃないけど」

「何だか、嬉しいのか悲しいのかちっともわかんない」

関下はさらに眉をひそめた。

「でも、好きとか付き合うって、よくわかんないもんじゃん」

本木は岩崎《いわさき》さんに「他の女なんて考えられない。一生愛し続ける」って誓っていたくせに一週間で別れて、その三日後に木下さんと付き合いだした。原井《はらい》さんは倉西《くらにし》先輩と結婚の約束までしていたのに、手紙を三日間書いてくれなかったという理由でみんなを巻き込んで号泣しながら別れていた。付き合うって、やっかいで不可解だ。僕は関下に一日もかかさず手紙を書く自信はないし、ましてや一生愛し続けるなんて誓えそうもない。

「でも、関下が僕のこと好きなのかなって思ったときドキドキしたし、一緒に帰ったりはしたいと思うし、前は面倒だったけど、今は関下が図書室にいると、ちょっとやったって思ったりもする」

「ふうん、なるほど。で？」

「で？　って、まあそれだけなんだけど」

僕は言えること全てを言い尽くしてしまって、小さく肩をすくめた。関下はしばらく僕を眺めてから、

「まあ、いいや。とりあえず告白せずに成功したってことだよね」

と、カラッとした調子で言った。

「まあ、そうだな。うん」

僕たちはそんなふうになんとなく恋人のようなものになった。


「付き合い悪くなっちゃって」

タナケンはニヤニヤして言うけど、関下と付き合い始めたからといって、僕に変化はない。みんなにカップルだと思われている。学校帰り一緒に歩いて少し話をする。それくらいのことだ。

「タナケンだって、東さんとうまくやってるくせに」

「ふふふ。まあね。でも、神田、最近疲れてるんじゃない？」

「え？」

「何か張り詰めた感じ」

「そうかな」

風邪も引いてないし、最近部活も楽で疲れてもない。僕は自分の身体を見やってから、首をかしげた。

「恋愛にのめりこんでるのかもね」

タナケンは不思議そうにしている僕に、ゲラゲラ笑いながら言った。

「そういうタナケンこそ、東さんにメロメロなくせに」

僕が突っ込むと、

「まあね」

と、タナケンは堂々と微笑んだ。すっかり東さんとの付き合いが板についている。

「じゃあ、神田。また明日」

「ああ、また」

学校の校門を出たところで、僕たちは別れる。ここからは、東さんとタナケンが並んで帰り、僕と関下が一緒に帰るのだ。

いつも関下と並ぶこの瞬間だけは、照れくさい。ついさっきまで一緒の教室にいたから、何て挨拶していいものか、わからない。とりあえず「やあ」と声をかけると、関下が「どうも」と答えた。

「だんだん日が落ちるの早くなったね」

足を進め始めると同時に、関下が言った。空を見上げてみると、空はもう沈んだ色になっている。

「あっという間に冬になるなあ」

「本当に。あっけないね」

大きな行事がひととおり片付き、部活の大会も終え、下校時間も早くなった。中学校生活も、だんだん静かな季節になっていく。

「明るい時間が少なくなるのって嫌だけど、夜が多くなると得する気もする」

関下は空を見上げたままで言った。

「そう？」

「夜が多いと、ゆっくりできる時間が長くなる気がするじゃん」

「そんなもんかな」

「そんなもんだよ。子どものときは、昼間のほうが楽しかったけど、今はゆっくりぼんやりできる夜のほうがいい」

「そっか。そうだな。夜は、うん。いいのかも」

僕はぐんぐん色を落とす太陽を見た。夜がゆっくりできる時間だなんていう発想は、今までなかった。夜は短ければ短いほどいい。少しでも長く太陽が空に滞在していること、少しでも早く太陽が空に戻ること。少し前までの僕は、そんなことを真剣に願っていた。

「でも、今の時間が一番いいね」

関下が言った。

「今の時間って？」

「こういう帰り道」

「ああ、うん。そうだな」

ストレートに言われると、調子が狂う。僕の声は上ずって静かな夕焼けに情けなく響いた。

「神田君って、こういうの苦手？」

関下は、夕焼け空から視線を僕に戻した。

「こういうのって？」

「一緒に帰ったりするの」

「どうして？」

得意だとは言い切れないけど、一緒に帰る時間は僕だっていい時間だと思っている。

「うまく言えないけど、最近神田君、神経がぐったりしてるっていうか」

「そう?」

「まあ、学校ってなんだかんだとあるし、疲れるのが普通かもしれないけど」

「そうかな」

タナケンも同じようなことを言っていた。身近な人は意外と僕のことに敏感なのだろうか。

だけど、もしも僕がぐったりしたり、どんよりしたりしているのなら、原因は恋愛や学校のことではない。きっと、解決しきらない虐待のことだ。カルシウムを食べても、日記を書いても、すっきり解放はされない。いつも奥のほうで、ふつふつとしているものが残っている。最近優ちゃんがキレないことが、逆に僕を不安にさせている。

恋人や親友になら、本当のことを話してもいいのだろうか。タナケンも関下も僕が何かを抱えていることは感じているのだから、打ち明けてみてもいいのだろうか。話すだけで、楽になれそうな気がする。ほんの少し、気持ちがほどける気がする。でも、だめだ。タナケンも関下も神田歯科の患者さんだ。そこまで破るのはよくない。優ちゃんにはしゃべるなと言っているのに、僕だけ心を解放するのはずるい。

「夕飯の献立に少し神経質になりすぎなのかもね」

考えをめぐらせている僕に、関下がからっと言った。

「確かに夕飯の献立に必死にはなってるけど、その分ちゃんとカルシウム摂ってるから、大丈夫なのさ」

僕が誘惑をとっぱらうように、軽々しく言うと、

「前までひじきが大きくなることも知らなかったのにね」

と、関下も笑った。

「まあな。それにしてもさあ、数学の宿題ってさ、毎回必要以上に多いよな」

そうだ。僕はちゃんと強くなくちゃいけない。人に甘えてちゃ、解決なんかしない。

僕は完全に話を変えた。

「そうだねえ。でも、神田君って、数学はできるじゃん」

「まあ、他の教科に比べるとだけど」

「私、数学って一番嫌い」

「僕は一番嫌なのは英語。ちっともわからない」

「神田君、中間テストひどかったもんね。でも、英語はまだましな教科だな。外国行くとき便利だからやってもいいかなとは思える」

「数学だって便利じゃん。買い物するとき使える」

「神田君って関数とか因数分解とかを買い物に役立ててるの？」

「ローソンではね」

僕が言うと、関下はまた笑った。不服そうな声も出すし、眉間によくしわも寄せるけ

ど、関下はよく笑う。付き合い始めて、それがわかった。

「あー着いちゃった」

「本当だ」

関下は学校の近くに住んでいるから、普通に歩けば十分もかからず着いてしまう。いろんな話題をつぎ込んで、ゆっくりのろのろと歩いても、すぐに関下の家が見えてくる。

「じゃあ、ね」

「うん。また明日」

「ばいばい」

「うん、またな」

名残惜しいけど、行かないといけない場所が僕にはある。関下の家の前で別れを惜しむと、僕は速度をぐんと上げてスナックローズへ急いだ。

「いらっしゃい。まあ、いつものごとく汗かいちゃって」

息を切らして重いドアを開けると、靖子姉ちゃんが笑って迎えてくれた。

「いつものごとく、下校時間が早くなったのに、着くのが遅いのね」

お母さんは、知ってるのか知らないのかいつもと似たようなことを言いながら、ファンタを入れてくれた。

「毎日決まった時間に母親の元に通ってくるほうが異常なのよねえ」

「そうそう。隼太もお年頃だもんねえ。かわいい女の子と帰らなくちゃ」

「隼太キュートだもん、モテるだろうなあ」

美雪おばさんと靖子姉ちゃんが僕のネタで勝手に盛り上がる横で、僕は素知らぬ顔でファンタを飲んだ。

「そりゃモテて当然よ。私たちの隼太なんだから」

「そういや、おばさんも最初に彼氏ができたの、中学二年のときで、もう毎日一緒に帰ってたわ」

「おばさんもって」

僕がかろうじて小声で突っ込むと、

「まあ、とぼけちゃって。ママ、これは、確実に彼女いるわよ」

と、美雪おばさんは僕の頭をこづいた。

「いいじゃない。結構なことよ」

お母さんは着々と開店の準備をしながら、ゆったりと言った。

「え、そうなの？」

靖子姉ちゃんが不服そうに言う。

「そうよ。隼太だって、中二だもん。大人よ。どんどん恋もして、もっとかっこよくなってもらわないと」

「ふうん。お母さん、太っ腹。よかったね、隼太」

靖子姉ちゃんも美雪おばさんに乗っかって、僕の頭をこづいた。

シングルマザーのスタンス。僕は前に関下が言った言葉を思い出していた。将来子どもが何人欲しいとか、子どもの名前はどんなのがいいかとか、そういう取るに足らない話の中で出てきただけなのに、妙に頭に残ってしまった言葉だ。「ほら、小説とか漫画によくシングルマザーって出てくるじゃん。シングルマザーって、一人の大人として認めてるわよ、理解してるわよって感じで、子どもと向き合うんだよね。すると、子どもはしっかり賢く、かっこよくなるんだよ。私、ああいうスタンスで子育てしちゃう」関下はそう言っていた。

物語にそんなにほいほいシングルマザーが出てくるものか知らないし、その子育て法が正しいのかもわからない。でも、なんとなく、そのスタンスがどういうものかはわかってしまう。認められるのは嬉しいし、子ども扱いされないのは楽だ。女手一つだからよろしくねというお母さんに応えようという気持ちもある。だけど、しっくりいかない部分もある。時々、無理に大きい洋服を着せられてるような落ち着かない心地になってしまう。

「そのうち隼太、ここに寄るの、面倒になっちゃうよね。隼太の恋は応援したいけど、そう考えると寂しいなあ」

靖子姉ちゃんは僕の横で小さなため息をついた。

「そんなことないよ」

「うそうそ。そんなこと大いにあるわ。ま、それが自然なことよね」

「そんなことないって。うん、たぶん」

僕は靖子姉ちゃんに答えながら、お母さんのほうを見た。お母さんは変わらない表情でシンクの上を拭いている。シングルマザーだったお母さんと僕との間のいくつかの決まりごと。それが少しずつ崩れていって、僕は大きくなるのだろうか。

「ねえ」

僕は空になったグラスを流しに運んだ。

「どうしたの？」

「夕飯作らなくなるの、困る？」

僕が訊くと、お母さんは「まさか」と笑った。

「楽になって、大喜びよ。ただ、そうね」

「ただ、何？」

「隼太が突然どんどん成長しちゃうのに、ちょっと、面食らってるのかな」

「そう？」

「やっぱり優ちゃんが来たからかな。父親の存在って大きいんだね」

お母さんはグラスをささっと洗った。

「そっかな」

「そうだよ。もちろん、隼太と二人のときもそれなりにやってきたけど、やっぱり家族ってすごいなって思う。優ちゃんはどんどん父親になっちゃうし、隼太はどんどん息子になっちゃうしね」

「いいってこと？」

「もちろん。こんなに幸せでいいのかなって思ってしまうくらいよ」

「そっか。そうだね」

お母さんがいつまでもそう思っていてくれますように。僕はそう願いながら、しっかりとうなずいた。

「じゃこと切り干しの酢の物か。カルシウム満載だね」

「徹底してるだろう？」

優ちゃんが自慢げに言った。僕のカルシウム料理への意欲はちゃっちゃと崩れ、今は優ちゃんのほうが率先してカルシウム料理を作っている。

「あとは、ソーセージとキャベツでも炒める？」

僕は冷蔵庫からキャベツを取り出した。

「そうだな。なぎさが作ってくれたかぼちゃの煮物と、味噌汁もあるし。それで十分だな」

僕らの夕飯作りは、手馴れたものになっていた。優ちゃんがカルシウム主体の一品を作り、僕が簡単な一品を作る。なんでも炒めたり煮たりすれば、それなりの料理になる。めんつゆやバターや塩コショウを駆使すれば、何風にだってなる。僕のレパートリーはどんどん広がっていた。

楽になっていいと言いつつ、お母さんだけは慣れないようで、味噌汁を毎日用意し、日持ちしそうな煮物が冷蔵庫に入れてあった。そして、ご飯はいつも七時にぴったり炊き上がる。

「ああ、ご飯が炊いてあるのって面倒」

僕は炊き上がりを知らせる炊飯器の電子音に毒づいた。

「どうして？　楽じゃん」

「楽だけど、ご飯がメインの料理が作れないじゃん。炊き込みご飯とかピラフとか作りたいのに」

きのこをたくさん入れて、めんつゆ入れて炊飯器で炊くと秋って感じのご飯になると、閑下に教えてもらったのだ。僕は、閑下に言われたものをすぐに作りたくなってしまう。

「隼太、かなりの料理人だなあ」

「まあね。でも、ご飯炊かないでって言えないんだよなあ」

僕が愚痴ると優ちゃんはくすくす笑った。

「確かにご飯まで取っちゃかわいそうだな。最近、店に来るのも遅くなったって、なぎさ言ってたし」

「やっぱり？」

「うん。やっぱり」

「そっか。ねえ、優ちゃん、毎日行かないとだめだと思う？」

「そんなことはないだろうけど」

優ちゃんは僕に代わってキャベツを刻み始めた。僕はしゃべると手が止まってしまうけど、優ちゃんは話しながらでも手際がいい。

「だったら、店に行くの止めよっかな。朝だって、お母さんに会ってるんだし、ただの決まりで行ってるだけだし、店に行ったところでそんなに毎日報告することもないし。そもそもこれって寄り道だしな、うん。校則違反だ」

「たくさん言い訳があるもんだな。手っ取り早く言うと好きな子ができたし、面倒だから行きたくないだけだろ？」

優ちゃんはにやにやしながら、キャベツをフライパンに突っ込んだ。火が通る香ばしい音が鳴る。

「好きな子ができたってのもあるけど、それが理由じゃないよ」

「ふうん」

「行くのが面倒だって気づくきっかけになっただけで……。帰ったら優ちゃんがいるし、帰る時間をわざわざ遅くする必要もないしさ」

「そうだな。よし、わかった。俺からそれとなくなぎさに言っておくよ」

優ちゃんはあっさりと面倒なことを引き受けてくれた。魅力的な提案だけど、乗っかるのはずるい気がする。

「ありがたいけど、いいや」

「いいの？」

「うん」

「でも、黙って行かなくなるのはだめだよ」

「わかってる。自分でちゃんと言うよ」

「へえ。隼太、男って感じじゃん。よし、じゃあ、望みどおりご飯をメインにしてやろう」

優ちゃんはそう言うと、キャベツ炒めの中に炊き立てのご飯を突っ込んで、卵を落とした。

「何それ？」

「さあ、ピラフなんじゃない？　卵入ってるからオムライスかも」

「ほとんど緑だからキャベツご飯だな」

僕が名づけると優ちゃんはなるほどと笑った。優ちゃんらしからぬいい加減な料理はとてもおいしそうな匂いがした。

13

十一月も終盤になると、放課後の図書室の利用者が増える。読書の秋も終わったし、本を読む生徒が増えたわけではない。終礼終了と同時にあっさりストーブが消される教室と違って、図書室はいつまでもストーブがついているし、地味な基礎練習が多くなる冬の部活動にはなかなか足が向かない。図書室でたむろしてから、のろのろと部活動に行く生徒が増えるのだ。

「ほえー、神田って読書家なんだ。意外に」

雑然とした図書室で絵本を探していると、図書室に不似合いなタナケンの声が聞こえた。

「まあねって、タナケンこそ、どうしたんだよ」

「どうしたってことないけど」

「部活サボるなんて珍しいじゃん」

「サボってないって。しっかり身体が動かせるように、ここで温めてるだけ。身体が温まったらすぐに行くよ」

タナケンはそう言いながら、僕の横で本棚を眺めた。

「キャプテンがそんなんじゃ、野球部の未来が思いやられるねえ」

「本当、野球部の明日は恐ろしいねえ」

僕が茶化すとタナケンもふざけた。

クラスで学級委員になり、三年生が抜けた野球部でキャプテンになったタナケンは、次期生徒会長を務めるだろうと言われている。理想的な中学生活のように見えて、そうでもないらしく、キャプテンになってから部活に行くタナケンの足はどんどん重くなっている。

「神田って絵本を探してるの？　どれどれ……『かさこじぞう』。いいねえ。うん、不朽の名作だな」

タナケンはたいして興味もないくせに棚から本を何冊か取り出した。

「『かさこじぞう』は読まないけどね」

「ふうん。じゃあ、これは？　お、『ぐりとぐら』だ。何か知ってるぞ。これは、えっと『100万回生きたねこ』って、すごい猫じゃん。ギネスに載るじゃんね」

「それはどっちとも何回か読んだな」

僕が言うと、「神田って、マジで絵本が好きだったんだ」とタナケンが驚いた。

「まあね」

カルシウム夕食を食べるか、絵本を読むか、虐待日記をつけるか。僕たちは、どれかは必ず実行していた。最近毎日がおだやかで、うっかり忘れてしまいそうになるけど、全てをゼロにはできない。時折険しくなる表情や、落ち着きがなくなる口調。優ちゃんはまだ治ってるわけじゃない。

「そんなことよりさ、タナケンは平陸上部員の僕とは違うんだから、そろそろグラウンド行きなよ」

「そうだなあ」

「もうみんな揃い始めるだろ？」

「あーあー。別にキャプテンになりたくて野球部に入ったわけでも、会長目指して生徒稼業をしてるわけでもないのに」

そんなふうに文句を言いながらも、期待されたら断れないタナケンは、おどけながらやってしまう。そして、意外に気を遣うタナケンはくたびれてしまうのだ。

「気の毒だな。ま、行ってらっしゃい」

「おう」

体育の準備体操でしか出番のない気楽な保健体育委員の僕は、タナケンにひらひらと手を振った。

「私が当番のときに借りればいいのに」

僕のかばんからはみ出た絵本を見つけて、関下は膨れた。

「でも、今日読みたかったんだ」

「『はらぺこあおむし』ってそんな緊急性を要する内容だったっけ?」

「理科の復習に役立てようと思って」

「なるほどね」

図書室に来るようになったやつらに、関下から本を借りているところを見られて冷やかされるのは厄介だ。関下もそれがわかってて膨れているだけ。恋人の会話っていうものが、だんだん僕にもわかってきた。

「今日は、そろそろ寄るんでしょ?」

「うん。そうしよっかな」

「神田君が店行くの、今週初だもんね」

「そうだっけ?」

「そうだよ。月曜日はスーパーで白菜買うからって寄ってないし、火曜日は筋トレで疲れたからって寄ってないし、水曜日は何もないくせに寄ってなくて、昨日はすき焼きだから早く帰りたいって」

「結構ハードスケジュールだったんだ、僕って」

「どれも単なる言い訳だけどね」

関下は僕のスケジュールも僕の本当のところもよくわかっている。

「そうこうしてるうちに金曜日か。時間が経つのって早いな」

「少年老いやすく、店に寄りがたしだね」

関下は陽気に言った。

「どうして億劫になっちゃうのかな。前まで普通に行ってたのに」

「当然だよ。私たちって思春期じゃん。親と関わるのなんてうっとうしいだけ」

関下は自分の母親のことを思い出したのか、眉間にしわを寄せた。

「まあ、な」

「でも、神田君ちのお父さんって、本当の親じゃないでしょ？　そういうのだと反抗したくはならないの？」

「そうだな。うん、ならないかな」

優ちゃんにはお母さんに持つようなイライラした気持ちが沸くことはない。血が繋がっていないからか、父親ってそんなものなのか、それ以前に僕たちは重要な問題を抱えているからか、理由はわからないけど。

「イライラする相手が一人少ないってことね。うらやましい」

「そう?」

「そりゃそうよ。うちは母親は口うるさいし、父親は存在自体終わってるし、毎日ストレスたまるわ」

率直な関下に、何だかお父さんがかわいそうになって、僕は苦笑した。

「じゃあ、気をつけてね」

関下は家が見えてくると同時に、そう言った。

「あ、またな」

関下との帰り道も慣れてきた。時間をかけて別れを惜しみながら歩いていた道も、十五分で歩けるようになった。寒いのもあるし、十一月に入って日が落ちるスピードが加速したせいもある。

さよならの段取りは早くなったけど、それでも関下は僕の姿が見えなくなるまで手を振ってくれた。

「きゃあ、隼太超久しぶり」

靖子姉ちゃんは毎度生き別れの恋人に会うかのように、大げさに出迎えてくれる。

「はあ、どうも」

「はあどうもって何それ。挨拶下手すぎでしょう」

靖子姉ちゃんは僕の頭をぐりぐりなでまわした。

「まあ座りなさいよ」

お母さんは温かい牛乳を入れてくれた。

久しぶりに寄ると、その分待遇もいい。お菓子やジュースもふんだんにもらえる。面倒くさくなくなって、一石二鳥だ。

「よし、一週間ぶりなんだから、たくさんネタがあるでしょう。さあ、話した話した」

靖子姉ちゃんは僕の横に座った。

「そうだなあ。部活動も普通だし、期末テストまではまだ二週間あるし、来週には学習発表会もあるけど、僕は選ばれてないから見るだけだし。うん、何もない」

「案外中学って、暇なのね」

「そうだよ。今はかなりのオフシーズン」

秋が深まる手前までは、部活や体育祭で盛り上がる。冬は冬でマラソン大会や百人一首大会など地道な行事がある。だけど、秋終盤の中学生活には、報告事項なんてほとんどない。去年の僕はこの時期、毎日ここに来て何を話していたのだろうと、自分で疑問になるくらいだ。

「そっかあ。じゃあ、残念ながら恋の話するしかないってこと?」

靖子姉ちゃんはにやにやした。

「それだって何もないよ」

「なんか、隼太、クールになっちゃってつまんないの。前までは私にだって、いっぱい話してくれたのにな」

「別に靖子姉ちゃんに話したくないってわけじゃないよ」

「ふふふ。気を遣っちゃって」

猫舌の靖子姉ちゃんは、冬でも冷たい飲み物を飲む。ウーロン茶のグラスを取った姉ちゃんの手首は、うっすら青じんでいた。強く握られたときにできた痕だろう。寒くなって袖や丈の長い服を着るようになって、見えにくくなっているけど、靖子姉ちゃんはまだ同じようなところをぐるぐるしているのだ。

「そうだ。隼太、おいしいチョコがあるんだ。食べる?」

お母さんは大きな箱を持ってきた。

「え? この中にチョコが入ってるの?」

机に置かれた箱は宝石箱のように重厚で、とてもチョコレートが入っているようには見えなかった。

「そうよ。昨日お客さんにもらったんだよね。ゴディバだよゴディバ。これで一万近くするかな。ま、ゴディバを選ぶってところがおっさんだけどね」

　靖子姉ちゃんの解説はいまいちわからなかったけど、破格のチョコだということは確かだ。

「一万って、チョコが？」

「そう。一口二百円くらいするってこと」

　そりゃ、二十万のダウンジャケットと張るな。世の中には不思議な値段のものがたくさん売られているのだ。

「隼太、値段なんか気にせず、好きなだけ食べていいよ」

　お母さんが言った。

「お母さんは？」

　僕はまだ封を切ってないチョコレートの箱を見回した。こんな高級品、中学生が開けてはいけない気がした。

「私、あんまり濃いチョコは好きじゃないんだよね。やっぱりチョコレートは明治でしょ。みずみずしくて一番おいしい」

　お母さんはそう言いながら、ポッキーを口に入れた。

「ポッキーはグリコなんだけどね」

靖子姉ちゃんは笑った。

「うーんどうしよっかな」

一万円のチョコレートの正体は見たいけど、箱を開けてしまうのはもったいない気がした。平陸上部員の僕は二十万のジャケットを着ることも、一万のチョコを食べることも今後そうそう起こらない気がする。だったら、大事に開けたい。

「このまま持って帰っていい？」

「いいけど」

優ちゃんと食べたい。なぜか間抜けに僕はそう思ってしまっていた。

「お母さんの店に寄って、チョコレートもらったんだ」

夕飯後、僕はかばんからチョコの箱を取り出した。やっぱりデザートはご飯の後だろうととっておいたのだ。

「いいよ」

優ちゃんはちらりとチョコの箱を見ただけで、また洗い物に戻った。

「どうして？　おいしそうなのに？」

僕は優ちゃんのそばまで寄ってキラキラとした金色の箱を振って見せた。

「おなかいっぱいだし」

「チョコくらい食べれるよ。優ちゃん甘いの好きじゃん」

「今日はいいや。何だか夕飯食べすぎたのかな。牛丼だったし」

優ちゃんが何気ない言葉を選んでいることに、気づかなかった。早くこのチョコを食べたい。僕はそんなことしか考えてなかった。

「お客さんがくれた高級品なんだって。一万もするんだよ。一粒二百円。すごくない？　食べてみよう」

「いいって」

「何て名前か忘れたけど、ベルギーのなんだよ」

「そうなんだ」

「うん、絶対おいしいに決まってる。さあ、開けよう」

「いいってば」

「どうして？　洗い物なんておいといて食べようよ」

「隼太、しつこいよ」

優ちゃんは蛇口をひねって水を止めた。そのとたん、音がなくなって部屋の空気が張り詰めた。

ああ、すっかり忘れてた。優ちゃんがキレる前のこの空気を。ぬるい時間を過ごしすぎて、鈍感になっていた。こんなにも単純な地雷を踏んでしまうほど、僕は平和ボケしてしまっていた。

僕はとりあえず、チョコの箱を流しの上に置いた。しんとした部屋にこつんと間抜けな音が響く。

優ちゃんの顔色はもう変わっている。目は赤いのに、顔には血の気も表情もない。正気がなくなった優ちゃんはこんなにも怖かったのか。僕は顔をそむけて目を伏せた。キレている優ちゃんの顔を見たくなかった。

優ちゃんは僕との距離をぴたりと詰めた。もう、だめだな。こんなに近くにいたんじゃ、逃げることはできない。僕は静かに息を吐いて、目をしっかりと閉じた。

優ちゃんは僕の両腕を掴んだ。大きな骨ばった手。腕がそのままつぶされてしまいそうなでかい手。優ちゃんの背の高さは目をつぶったままでも感じる。ずいぶん身長が伸びたと自分では思っていたけど、まだまだ優ちゃんはずっとでかい。かなうわけがない。この後、僕はどうなるんだろう。押し倒されて殴られるんだろうか。そのまま壁にぶつけられるんだろうか。

ところが、優ちゃんはなかなか次の行動に出なかった。僕の腕を掴んだままだ。握られた腕はじんじんしている。とっとと僕を倒してしまえばいいのに。さっさと僕を痛めつけて、すっきりしてしまえばいいのに。この間のほうが怖い。嫌なことは早く終わらせたい。僕は覚悟を決めて腕の力を抜いた。でも、優ちゃんは僕を掴んだ手に力を込めるだけで、一向に動かなかった。

しばらくキレてないから、優ちゃんは戸惑っているのだろうか。けれど、どうせ殴られるんだ。早くしてほしい。もう片づけてほしい。この時間こそ苦しいのだ。さらに力を抜きかけて、僕は軽く頭を振った。いや、ちょっと待って。どうして、僕はあきらめてしまっているんだろう。すんなりと受け入れてしまおうとしているんだろう。平和ボケで、戦う気力まで失ってしまってるのだろうか。今まで築いてきたことを簡単に壊してしまっていいのだろうか。

キレた優ちゃんの気を逸らそうと必死で他の話をしたこと。本気で優ちゃんに対抗して向かってみたこと、涙や叫びで訴えたこと、冷静を装ってみたこと。どれも正気じゃない優ちゃんには通用しなかった。何度も何度も失敗して、そのたびに僕たちはたくさんの傷を作ってきた。

でも、小難しい心理学の本も虐待の本も読んだ。小さい子どもみたいに絵本だって読んだ。ひじきもめざしも食べたし、牛乳だって飲んだ。つまらない日記だってカレンダーの丸印だって懸命につけた。

子どものときの優ちゃん、電気を消せない僕。お互いの手の内も少しずつわかってきた。苦労したんだ、僕たち。何とかしようって、いっぱいいっぱい時間を使ったんだ。だから、この何ヶ月か僕たちは平和でいられたんだ。

僕は魔法使いじゃない。超能力も霊感もない。だけど、もし、僕にほんの少しでも何かの力があるとしたら、今、使いたい。スプーンを曲げたり、トランプの模様を当てたりなんかできなくていい。今、止めたい。今、目の前にいる優ちゃんを治したい。優ちゃんと積み上げた時間の後押しを全て使えば、できるかもしれない。

僕はゆっくり、息を全部吐いた。腕は優ちゃんにしっかりと摑まれていて、外せそうにはない。そう、逃げようとするから失敗するんだ。僕はいつだって許してるのに。僕はそのまま身体を優ちゃんのほうに倒した。意外な行動に戸惑っている優ちゃんの胸の中に思い切り身体を押し付けた。

頭の下辺りに来た優ちゃんの心臓が、どくどく鳴っている。こんなに速く動いていたんだ。こんなに心臓は騒いでいたんだ。

生徒会長だった優ちゃん、テニス部のキャプテンだった優ちゃん。神田歯科の医院長。心配しなくたって、僕はちゃんと弱い。僕はちゃんと優ちゃんの救いを必要としている。無理に手のひらの中に入れようとしなくたって、優ちゃんの助けを求めているんだよ。強引に僕を腕の中に従える必要なんか何もないんだ。

「僕はさ、優ちゃんに嫌われたくない」

僕は優ちゃんの胸に身体をくっつけたまま、つぶやくように言った。

「嫌われたくないんだ、優ちゃんに。どんなことされたって、優ちゃんが必要なんだ」

うまく声にならなかった。でも、途切れなくつぶやいた。何度も何度も繰り返し、同じようなことを僕は言葉にした。だんだん僕の腕を掴んだ優ちゃんの手の力は、弱くなってきた。

ふと力が緩んだ拍子に、僕はもう一度しっかり優ちゃんに身体をくっつけた。僕を襲おうとする優ちゃんであっても、ちゃんと温かい。もう中学二年生の僕なのに、この優ちゃんが必要なのだ。暴力を振るう優ちゃんを嫌わないのは、きっと僕だけだ。そして、僕が嫌われたくないと思う人も優ちゃんだけだ。「健やかなるときも病めるときも命の限り愛することを誓うか」。結婚式の日。片言の神父の言うことにお母さんも優ちゃんもうなずいていた。でも、そんなこと大人にできるわけがない。それがわかってるから、神父も嘘くさいたどたどしい日本語でしゃべっていたのだ。

僕は誰にも誓っていない。だけど、病める優ちゃんを誰よりたくさん知ってる。イエス・キリストは愛が大事だって言ってるし、きっとマザーテレサとかリンカーンとか、世の中のすごいと言われているような人も愛が全てだと言ってる。愛が尊いことなのは僕にだってわかる。愛がどういうものなのかはわからないけど、もし人を許すことが愛ならば、僕は優ちゃんを誰よりも愛している。アクエリアス1リットルで、トイレに直行してしまう器の小さい僕だけど、その容量の全てを使って、優ちゃんのどんなことでも許してしまえる。

「もう、大丈夫だから」

優ちゃんはぼそりと言った。声は音じゃなくて、頭をくっつけた胸から振動で伝わってきた。

「だめだよ。あと五分はこうしてる」

僕はそう言って優ちゃんにもう一度しっかりと頭をくっつけてみた。優ちゃんは、

「本当、大丈夫なんだよ」

と言いながら、僕の肩にそっと手をまわした。

「ねえ、隼太、これって何？」

五分以上経って優ちゃんが言った。

「何だろうね」

僕たちは何だか急に照れくさくなって、お互いの腕を解くと、二人でへらへら笑った。

「……俺、何もせずに済んだんだよね」

優ちゃんが自分の身体と僕の身体をゆっくりと見回しながら訊いた。

「うん、そうだよね。やればできるんだね、僕たち」

「ああ」

「実は優ちゃん、治ってたのかもしれないね」

僕は優ちゃんの顔を見上げた。優ちゃんの顔はいつも通り穏やかだ。

「いろんなことをしてきたから、いつの間にか変化してたのかもしれないな」

「うん。よかった」

僕はしっかりうなずいた。

「そう、あのさ、俺、ちゃんと隼太のこと大事だって思ってるんだよ。ちゃんとできてないし、ひどいことしちゃってたけど、そう、全然嫌っていないと言うか、嫌っているわけがないし。ちゃんと愛してるんだ」

優ちゃんは恥ずかしいのか、たくさん無駄な言葉をくっつけながら、僕のさっきのつぶやきに答えてくれた。

「僕、男の人に愛してるって言われたの初めてだ。いや、女の子にも言われたことなかった」

僕は笑った。

「俺だって、男の子に言ったことなんてないよ」

優ちゃんも僕と同じように笑った。そして、とても丁寧に、「ありがとう」、そう言った。

僕だって「ありがとう」って思ってる。優ちゃんが僕に与えた大きな恐怖も殴られた痛みも、きっといつか忘れてしまえる。でも、忘れられないんだ。優ちゃんが来た最初の夜。僕は自分以外の人が息づく家の中で夜を過ごした。正月とクリスマスが、明日と明後日が、一緒に飛び込んできたくらい嬉しかったんだ。

14

期末テスト十日前になると、班ごとに教えあってみんなで問題が解けるようにしようという協力学習が放課後に実施される。中学校はどうしてこうも次々と細々とした取り組みがあるのか。前まで疑問だったけど、今の僕は少しわかる。何かをすれば した分、ほんのわずかでも変化が起きることがある。

協力学習の教科は数学。教えあって全員が小テストに合格した班から解散できる。中学ならではの、連帯責任ってやつで向上を図る。

協力学習が始まって三日、僕の班は毎日最後まで居残っていた。

「もういいじゃん。正解したことにしよう」

本木が担任の岩村が見てないことを確認して言った。

「そう、早く答え写しちゃってよ」

近藤《こんどう》さんも言う。根気強く教えていた村野《むらの》さんと林《はやし》もあきらめて答えを宮城《みやぎ》さんに見せた。

「あ……でも、いいのかな」

宮城さんは心細そうに言った。

「いいに決まってるって。本当のテストじゃないんだから」

「そうそう、早く。他の班の人だって、みんなさっさと答え写して帰ってるよ」

近藤さんと村野さんに言われて、宮城さんはこそこそと答えを写して、気弱に丸を付けた。

宮城さんは死ぬほど数学ができない。算数からつまずいていて、できるようになる兆《きざ》しすら見えない。それだけならまだしも、要領も悪い。適当に答えを写して、それなりにできたふりをしてくれたらいいのに、本気で協力学習に取り組んで、できるようになろうとがんばってしまう。こんな取り組みで数学がわかるようになれば、塾も教師も要らないのに。

「あー、やっと部活行ける」

本木が大きな声で言った。

「ごめん」

宮城さんは申し訳なさそうに、教室から出て行くみんなを見守っていた。

憂鬱だろうな。自分のせいでみんなが残らされるというのはすごいプレッシャーだ。

正負の計算すらちんぷんかんぷんな宮城さんが一次関数をできるようになるなんて夢のまた夢だし、かといって答えを写せというのも酷だ。賢くもなければ人に教えるほどフレンドリーでもない僕は、切羽詰まった顔で問題を解く宮城さんを毎回ぼんやり見ていた。


「げー、また鍋」

「そうまた鍋」

優ちゃんはすました顔で答えると、具材を食卓に並べた。

「鍋ほど簡単で合理的で便利でバラエティーに富んだ栄養価の高い献立はないよ」

「確かにねえ」

僕はうんざりしながら、お母さんが作ってくれたきんぴらを食卓に加えた。

寒さが本格的になり出して、ほぼ毎日僕たちは鍋を食べている。何を入れてもそこそこの味になるし、レパートリーもそれなりにある。

「でも、濃い味のものも食べたくなるなあ」

「じゃあ、明日はキムチ鍋にしよう」

優ちゃんが言った。

「それって、鍋には変わりないじゃん。カルシウム献立を作ってた頃が懐かしいよ」

そういう僕も熱が冷めて、最近は滅多に料理をしなくなっていた。料理は楽しくはあるけど、延々続く毎日のことになってくると、面倒なものなのだ。

「鍋だって、ちゃんとカルシウムもあるさ。がんもどきも入ってれば、小松菜も入ってるぞ」

「そうだろうけどさ」

僕が豆腐にだぶだぶとポン酢をかけていると、優ちゃんはくすくす笑った。

「よし、明日は久しぶりにカレーでも作ろうか」

「やったあ。って、まさかカレー鍋じゃないよね？」

「大丈夫。普通のカレー作って、三日は持たせる」

「三日連続カレーか。どっちもどっちだけど、鍋よりはましだな」

僕はポン酢のしみた豆腐を口に放り込んだ。

僕たちは何かを確認したわけじゃないけど、小難しい本を読まなくなり、日記を書かなくなり、カレンダーに印もつけなくなった。もちろん、手放しで全てが解決したと言い切れる自信はまだない。でも、おざなりになりかけていたそれらのものを立て直さなくても、いいくらいにはなっている。鍋やカレーを食べていてもそれなりにカルシウムが摂れる。そういうことで十分だと思えるようになっていた。

「一応復習したんだけど……」

全問不正解の小テストに宮城さんは泣きそうになっていた。眼鏡をかけているけど、目が潤《うる》んでいるのがわかる。

「いいから、早くやり直して」

「だいたい数字の代入の仕方が違うからさ」

協力学習五日目になって、林や人のいい村野さんもさじを投げていた。岩村が見回っているときに教えるふりをしているだけだ。宮城さんはそれでも、必死でアドバイスを聞いて解こうとしている。何とかしたいという意気込みは伝わる。でも、どうしようもない。数に関する能力がまるでないのだ。

「x＝《イコール》マイナス3で」

近藤さんが宮城さんの横にぴたりとくっついた。

「え……？」

「ほら、書いて」

「ああ、うん」

「ほら、右側にマイナス3。式書いてないと、丸できないから早く」

近藤さんはできるできないはどうでもいいらしく、早く終わらせることに力を注いでいた。

僕は自分の丸付けを終え、問題を眺めていた。日を追うごとに少し応用になってはいるけど、問題の傾向はほとんど毎回一緒。毎日問題集と同じような問題が出ている。それでも宮城さんはできないのだ。復習してこれだなんてなあ。ただ数字を変えてるだけなのに。

って待てよ。これだけできない宮城さんが復習してもしかたない。終わったことを振り返ってもそれを活かせるわけがない。どうせやるなら予習だ。小テストの問題はたった五問。やる問題を先に解いておけば、なんとかなるんじゃないか。やっておいたのと似た問題が出れば、宮城さんでも少しはできるはずだ。

「一次関数って、やっぱり難しいよな」

みんなが教室から出て行き始めたのを確認してから、僕は宮城さんに声をかけた。同じ班のくせにほぼ話したことのない僕に声をかけられて、宮城さんはびくっとした。きっと、文句でも言われると思っているのだ。僕は声の調子をやわらかくしてみた。

「復習してもなかなかできないよね。逆にさ、予習したらどうかな」

「予習？」

宮城さんは不安そうに首をかしげた。

「そう。テスト問題を先にやっておくというか」

「はあ」

「明日の小テストって、きっと、ほら、少し式が長くなるとか、小数あたり使ってくるとかで、問題自体は今日と一緒じゃないかな」

「はあ」

「なんとなく、出そうな問題って予想つくだろう？　それを先にしておくと、テストが簡単になるじゃん」

「さあ……」

宮城さんはちんぷんかんぷんな顔をした。そりゃそうだ。数学に関わることに対しては、全て意味不明なのだ。そんな勉強方法がわかっていたら、これくらいの小テストすぐにできるようになっている。

「まあ、あと、五回だしな」

「ごめん」

宮城さんは別に責めてもないのに、顔を曇らせた。

「いや、そうじゃなくて、最後には、少しでもできるようになるといいかなって思っただけで」

「うん」

「ま、数学なんてできなくても問題ないよな」

「ごめん」

「ああ、まあ、うん。またな」

宮城さんと話していると、こっちが悪いことをしているような気になる。最後には僕のほうがおろおろしていた。


「仲いいんだね」

「何が？」

「宮城さんと」

並んで歩く帰り道、関下が目を細めて僕の顔を眺めながら言った。

「宮城さん？」

「そう。神田君から話しかけてるなんて」

「あ、そうか」

そういうことを言われることで、関下と僕は恋人というものなんだと気づいたりする。

「あっそうかって何なのよ。そんなことないよとか言うものなんだよ」

「ああ、もちろんそんなことない。同じ班だし、宮城さんが数学できるようにならないかなって思ってるだけ」

「なるほど」

僕の回答に、関下はあっさりと納得した。それが正真正銘《しょうしんしょうめい》正直なところだし、宮城さんが浮いたものにまったく結びつかないからだ。

「で、何を買うの？」

「何にしようかな」

僕は久々に料理しようという気になって、関下に買い物に付き合ってもらっていた。

「そういえば、初めてデートしたのも、スーパーだったね」

「そうだっけ？」

あのときは勝手に関下が付いてきただけで、デートなんてものじゃなかった。わくわくしたように言う関下に、僕は首をかしげた。

「そうだったよ。ひじき買ったじゃない。ちゃんと覚えておいてよね。今日は何作るの？　また、カルシウム豊富な献立？」

「カルシウムは最近人気下降気味なんだ。どうしよっかな。っていうか、意外に冬でもいろんな物売ってるんだな」

「当たり前でしょう。寒いからって食べ物が売ってなかったら困るじゃない」

関下は慣れたふうにスーパーを歩く。十二月は、年末にクリスマスに冬真っ盛りにと、いろんな売りがあるらしく、スーパーはくらくらするほど賑《にぎ》やかだ。僕はあちこちきょろきょろした。

「とにかく、鍋でないことは確かだな」

僕は鍋をしつこく勧める札がぶら下がる野菜売り場に、肩をすくめた。

「じゃ、シチューあたり?」

関下が、じゃがいもとにんじんを指差した。

「シチューもいいなあ。うーん、でも、なんていうか、賢くなるもの食べたい」

「賢くなる?」

「テスト前だし」

「神田君、どこまで食べ物の力、信用するのよ」僕の言葉に関下はあきれたようにくすくす笑いながらも、「だったら、ねぎとか魚とかがいいかな」と、教えてくれた。

「ねぎ?」

「昔からねぎ食べると賢くなるって言うし、魚はDHAが入ってるでしょう?」

「DHAってよくわからないけど、何かアルファベットが出てくる時点で賢そうだ」

「ドコサヘキ何とかの略なんだよ。そうだ。長ネギとマグロをさっと煮てみたらどうかな?」

「めんつゆで?」

「そう。きっとご飯によく合うよ」

鍋にはない甘辛い味を想像しておなかがすいてきた僕は、関下の指示どおり買い物を進めた。

「これ、あげる」

スーパーを出ると、僕は夕飯の材料のついでに買ったキャラメルを関下に渡した。

「え？　いいの？」

「いいよ。買い物に付き合ってもらったし」

「うそ、本当に？」

関下は想像以上に嬉しそうに、キャラメルを受け取った。

「それ普通のキャラメルだよ」

「でも、嬉しい」

「特売の八十八円で買ったやつだよ」

「うん。ありがと」

「しかも、その八十八円も夕食を買ったお金の残りだし。もっと、いいお菓子が世の中にはたくさんある」

喜ぶ関下になんだか申し訳なくなって説明すると、「いちいちうるさいよ」と、関下は眉をひそめた。

「これって森永ミルクキャラメルでしょ？　知ってるわよ。一緒に買い物してたんだし。もっといいお菓子だって、実際に食べたことあるしさ。だけど、そういうのとは違って、神田君からもらったということが嬉しいんだよ。ほら、くれる人によって物の価値って違ってくるでしょう」

「そんなものなのかな？」

もらうさいころキャラメル、どっちが嬉しい？」

　これは究極の選択だ。僕は首をかしげて関下の顔を窺ってみた。冬空の下は閑散《かんさん》としていて身体の奥まで冷える。頬も鼻先も赤くした関下は少しかわいい。でも、さいころキャラメルの数倍生キャラメルは食べてみたい。

「ちょっと、迷う必要ある？」

「いや、ないない。もちろんさいころキャラメルだな。うん」

「でしょう？　それと一緒よ。好きな人がくれると、それだけで価値がぐっと上がるの」

「ああ、なるほどな」

「なるほどなって、いちいちこういうこと説明させないでよね」

　関下はやれやれとため息をついた。

　その晩、僕は一次関数の問題を自分で作ってみた。教科書や問題集を見て、数学の新井《あらい》先生が作りそうな問題を選び、数字を変える。夕飯のねぎの効果が出てるのか、いかにも小テストに出てきそうな問題ができた。

翌朝、僕は靴箱で待ち伏せをして、宮城さんに問題を書いたルーズリーフを渡した。

「これ、今日の協力学習に出そうな問題。昼休みにでもやってみて」

「え？」

当然ながら、宮城さんはいつものちんぷんかんぷんな顔をした。

「だから、今日の小テストに出るっぽい問題書いてみたんだ。直前に似た問題やると、テストでさ、良い点数になるかもしれないだろ」

「ああ、はあ」

「とにかく、空いた時間にこれ見てみてよ」

周りにとやかく言われると面倒くさい。僕は宮城さんにさっさと問題を押し付けた。

「ああ、ありがとう」

キャラメルの何倍も労力がかかっているのに、宮城さんは申し訳なさそうな顔をしただけだった。

その日の協力学習の宮城さんのテストは、一問正解になっただけだった。僕が作った問題と、数字もほとんど一緒の問題が一問正解。でも、ゼロだったのが、一点。大きな進歩でもある。

「すごいじゃん」

近藤さんにほめられて、宮城さんは少し嬉しそうにしていた。同じ班のみんなも「やっとだな」と言いながらも、いい気分でいるようだ。よし、もっともっと小テストに近い問題を作らなくては。僕はお礼を言おうとする宮城さんを目で制すると、もう一度じっくりとテストを眺め、問題の傾向を分析した。

その日の夜も、僕は数学の教科書と問題集をじっくり読み、出そうな問題を考えた。チャンスは後三回。そのうちに一回は満点と言わずとも、半分以上の三点はとらせたい。しかし、テストとまったく同じ問題を作るのは至難《しなん》の業だ。傾向は同じでも、数字まで同じ問題が作れる可能性は低い。似たような問題が出たときに、宮城さんが対応できるように少しでもやり方がわかるといいのだけど。僕は、問題を書き、そこに答えだけでなく、赤ペンで解説を書き込んだ。これなら、数字が変わったとしても、なんとかできるかもしれない。

「変わるのは数字だけで、やり方はまったく一緒。赤字のところ覚えてね」

僕はご丁寧にコメントまで書き込んだ。

翌日、宮城さんの小テストは一問正解。そんなに飛躍的に点数は上がらないものだ。だけど、僕が作ったプリントはまじめにやってくれているようで、今まで見当違いだった間違いも惜しいものになってきている。

「お、できるようになってきたじゃん」

本木が偉そうに言って、村野さんも「だんだんわかってきてるのかもね」と、宮城さんを励ましていた。0点を見せられると周りもやる気がなくなるけど、一つでも丸があると何とかなるかもという希望を持つようだ。

いい兆候だ。次はもっとできるぞ。僕は手ごたえを感じて、心の中でほこほこした。明日はもっと良い問題を作らなくては。

「やけに熱心じゃん」

夜遅くまで起きていると、優ちゃんが温かいレモネードを持ってきてくれた。

「まあね」

「数学?」

「うん。なんだか必死になっちゃって」

明日で協力学習も終了だ。宮城さんは今日も一点だった。後一歩というところがなかなか点数に結びつかない。最後は何とか点を上げたい。数字が変わるだけだと言っても、応用する力が宮城さんにはまだない。問題を吟味して作らなくては。僕は、問題集の一次関数の部分から、まだテストに出ていない傾向の問題をピックアップし、それに似ている問題を作り、解説を書き込んでいた。

優ちゃんは細かく書き込んだ僕の問題を見て、すごいなと感嘆の声を出した。

「隼太って勉強家だったんだな」

「いや、ただ、一次関数に凝ってるだけだよ」

「かなりの凝りようじゃん。夕飯でＤＨＡ摂るぐらいだもんな」

優ちゃんの言うとおり、今日はＤＨＡたっぷり小魚ふりかけを振ってご飯を食べた。

「僕って、何かをするとき、いつも夕飯を巻き込むんだな。前はカルシウムだったし」

僕はそう言って笑った。

「そうだな。なあ、覚えてる？　夏のテスト前にさ、こんなふうに隼太の部屋にお茶持ってきて、俺、おかしくなってしまったんだよな」

優ちゃんはベッドに腰掛けると、静かに言った。

「そんなことあったね。だったら、今日ってさ、僕を見に行くか迷った？」

「ううん。思い出しはしたけど。大丈夫だと思ったから、来てみた」

「そっか」

僕も優ちゃんの隣にどかっと腰掛けて、レモネードを飲んだ。レモンのやわらかいすっぱさが身体にじんわり染みわたる。

「でも、隼太が『〝Ｉｔ《それ》〟と呼ばれた子』の続篇とか読んでませんようにって、少しだけ思ったかな」

「ふふふ。あの本はかなり危険だからね。僕がローソンでヤンキーとけんかしたことにしなきゃいけないくらい」

僕は思い出して笑った。見え透いた嘘をよく真剣についたものだ。

「隼太、突然、けんかっ早い不良少年に変身したもんな」

「そうそう。本当は僕、小心者だし、知らない人とけんかなんかしないのに」

「嫌な思いさせたな」

優ちゃんはそう言った。いつもみたいに申し訳なさそうに。だけど、その目は伏せてはなく、僕の顔を見ている。

「優ちゃんもね」

「俺は自業自得《じごうじとく》だからさ」

「次号お得？　優ちゃんっておまけでも付いてるの？」

「四字熟語だよ。隼太、数学だけじゃなく国語も勉強しなきゃ」

優ちゃんに意味を説明された僕はけらけら笑った。

最終日。宮城さんはかろうじて三点をとった。僕の汗と涙がこもった珠玉《しゅぎょく》の予習問題とほぼ同じ問題が出たからだ。

「おお、三点、三点！」

「奇跡だ！」

林も本木も喜び、村野さんは「やったね」と、宮城さんの肩を叩いた。班員みんな大いに盛り上がった。たかが小テストでだ。しかも、満点でもなく、ただ三点とっただけなのに。でも、宮城さんにとっては大きなことなのだ。

みんなが解散した後、宮城さんは僕に、

「あの、ありがとう」

と頭を下げた。

「いや、いいんだ」

「でも」

「単純に問題作るのがおもしろくなってきただけだから」

「そうなの？」

「本当にそうなんだ。でも、よかったな」

「うん」

謙遜じゃなく、だんだん一次関数にはまって、宮城さんのテストの点数を上げることに興味が出てきたというのが事実だ。だけど、宮城さんのほっとした顔を見ると、僕も少し晴れ晴れした気になった。

本番の期末テスト。やっぱりそんなにうまくは行かないようで、宮城さんは元どおりの相変わらずの十点台の結果だった。けれど、ちょっとした奇跡が起こった。僕の数学のテストだ。全教科を入れて、中学生活初。九十点越えの快挙だった。

15

冬休みになったとはいえ、十二月は忙しい。二十四日には関下に会わなくてはいけないし、英語のワークと引き換えにタナケンの分の書初めも仕上げなくてはいけない。そして何よりまず、歯の治療だ。

神田隼太になってからの初虫歯。歯医者の息子が虫歯になっていては商売上がったりだと一生懸命磨いていたはずなのに、右上の奥に虫歯ができてしまったのだ。甘いものを食べすぎたのかもしれない。

「悪いな。年末が近づくと混んじゃって」

優ちゃんは診察台を移る合間に、僕に手を合わせて見せた。

「いいよ。見るのおもしろいし」

虫歯みたいな小さな病気であっても、治さないまま年を越したくないのだろう。午前の診療時間も終了間近だというのに、まだ待合室には患者が数人いた。僕は診察室の中に入れてもらい、優ちゃんの治療風景を眺めていた。

「はい。よく我慢したね。もう大丈夫」

「余裕だったよ」

優ちゃんに褒められて、まだ幼稚園くらいの子どもが、自慢げに言う。

「そっか。もう大きいもんな」

優ちゃんが笑い、そばで見ていたお母さんも微笑む。治療を終えた子どもは、みんな大事業を成し得たかのように満足げにしている。子どものときは僕もこうだったよなと、まだ中学生のくせに、なんだか懐かしくなる。

優ちゃんは次々子どもたちを治す。言葉をあれこれかけているせいか、大人の歯を見ているときより、わずかに楽しそうだ。ブラインド越しに見える大きな窓の外は、灰色で冷たい風が吹いているのがここからでもわかる。でも、クリスマスソングが流れる診察室の中は、いつもより暖かい。

最後の患者の診察が終わり、助手のお姉さんたちが休憩に入ってから、僕はようやく診察台に上った。

「すっかり遅くなって、ごめん」

「いいよ。タダで治してもらえるし、診察室の中に入れてもらえるし。僕、人の治療見るの好きなんだ」

神田歯科の息子の特権は結構ある。

「後回しにされるし、助手のお姉さんはいないけどな」

優ちゃんはそう言いながら、僕の口の中を覗いた。

「どれどれ、お、本当だ。右上の一番奥。C2だな」

「C2って、C1より悪いやつ？　げー。気をつけて磨いてたつもりなんだけど……」

「一番奥で磨き残しが出やすいところだからな」

優ちゃんは用具を並べだした。

「ちゃんと歯科医師と共同開発のクリニカで磨いてるのに」という僕の不満に、優ちゃんは「じゃあ、次は歯科医師推薦のGUMで磨くといいよ」とアドバイスをした。

「だけど、きれいに磨けてるよ。逆に、隼太、力入れて磨きすぎなんじゃない？」

優ちゃんは僕の口を開かせた。

「そうかな」

僕は口を開いたまま、返事をした。

「歯科医の息子ってことを背負いすぎだな。力入れすぎて歯茎《はぐき》が傷ついてる。もっと力抜いて磨きなよ。歯ブラシもやわらかめにしたほうがいいな」

「隼太の歯の質はやわらかいんだよな。削りやすくていいけど。あれだけカルシウム摂ってるのにな。こういうやわらかい歯はゆっくり撫でる程度に十分くらいかけて磨くのが理想なんだよ」

「お、そろそろ親知らずも生えてきそうだな。まっすぐ生えそうだから抜かなくてもいいかな」

優ちゃんは治療をしながら、マイペースで話す。口を閉じられない僕は小さく首を振るだけだ。

「よし、今日はこれでOKだな。あと一回で完治するよ」

ようやく口を解放された僕は、

「十分もかけて歯を磨いてたら、学校に遅刻するよ」

とだけ答えた。

「その分早起きしなよ」

「優ちゃんだって、五分も磨いてないだろ」

「俺の歯は丈夫だから、乱暴に磨いても平気なんだ」

「なんか、不公平だな」

「残念ながら、歯は遺伝しなかったようだな」

優ちゃんはいたずらっぽく言った。

「まあいいや。歯も治って、これでちゃんと新年を迎えられそうだから」

僕がうがいをしながら言うと、「おばあちゃんみたいなことを言うんだな」と優ちゃんは笑った。

治療後、学校帰りでもないのに、僕はわざわざスナックローズに向かった。クリスマスイブ前日だからだ。恋人のプレゼントを選んであげる代わりに息子のプレゼントを選べと、靖子姉ちゃんに無理やり約束させられていた。

スナックローズで待ち合わせて、靖子姉ちゃんいわく、最も適正価格の商品が揃う店、ユニクロに二人で向かった。

「姉ちゃんの子どもって、知らない間に小学三年なんだ」

ユニクロの店内は様々な色の服があるせいか、とても鮮やかで、都会に出て来たという感じがする。

「そうなのよね。だから面倒なの。子どものくせに自分の好みみたいなのを持ち出す頃じゃない？　どうせすぐに大きくなるから、どんな服でも着れたらそれでいいのに」

靖子姉ちゃんは僕にかごを持たせた。

「子どもでも、お洒落なのはいいことだ」

ちっともお洒落じゃない僕は、色とりどりの服を見回しながら言った。

「寝癖つけたままで一週間くらい同じ服着れるような豪快な男のほうが見所あるわよ」

「それって、ただだらしないだけだろ」

「まあね。でも、男の子の趣味ってわからなくて……。いつも一緒にいれたらまだしも、たまにしか会えないから情報も少ないし。ということで、任せたわよ隼太」

「重大任務だな」

靖子姉ちゃんの子どもは赤ちゃんだったときにしか、僕は見たことがない。どんなものが好きなのか、どんなものが似合うのか不明だ。体格だってわからない。僕は少々迷いながら、グレーのパーカーと黒い布地の袋を選んだ。パーカーなら少々サイズが合わなくても着れるだろうし、小学生は持ち物が多いから、手提げ袋は何かと役立つはずだ。

「なるほど。バッグっていう発想はなかったわ」

靖子姉ちゃんは僕のチョイスをまじまじと眺めた。

「体操服入れにいいかなって。小学生って、体操服はみんな似たような袋に入れてるから、ちょっと違ってたらかっこよく見えるだろう」

「隼太つれてきて大正解」

靖子姉ちゃんは本当に満足げに言った。

「よし、じゃあ、お礼に彼女にあげるもの選んであげる。何にしよっか?」

「何でもいいんだけどね」

「何それ。やる気ないなあ。予算は?」

「五百円が精一杯かな」

「えー、さすがのユニクロでもそれはきついわ」

靖子姉ちゃんは顔をしかめた。

「だって、小遣いないし」

「じゃあ、私が五百円足すから千円にしなよ」

「嫌だよ。そんなに必要ない」

「隼太。けちな男は世の中で最ももてないわよ」

靖子姉ちゃんは何にしても最もと言い切る。関下はそんなことにこだわらないはずだ。

僕はキャラメルをあげて関下が喜んだ話を姉ちゃんにした。ところが、

「ばかじゃないの?」

と、靖子姉ちゃんは一笑した。

「いつもいつもキャラメルでいいわけないでしょう? クリスマスなんだから。こういうときには、ちゃんと気を入れないと」

「そんなもんかな」

「そんなもんよ。まったく、隼太ってわかってないわね」

「でも、人にお金を出してもらってまで買うのはよくない」

「辛気臭《しんき》いな。わかった。じゃあ、五百円には見えないものを探そう」

靖子姉ちゃんは僕の何倍もやる気で、僕の意見など無視して、特価になっているワゴンの中からいろいろ探しだした。

「女の子はさ、ちょこちょこ品数が入ってると、わくわくするんだから」

「ふうん」

「メインはこの三百五十円の帽子にしよう。半額以下だよ。すごいお得。どう見ても千円にしか見えないし。で、百九十円の靴下でしょう。あと、ハンドタオルくらいなら買えるかな」

靖子姉ちゃんはあちこち移動しながら、どんどんかごに入れた。僕の意志は1%も入っていない。

「もう五百円越えてるじゃん」

「いいじゃない。たかだか二百円オーバーしてるだけなんだから」

靖子姉ちゃんは何事にも大雑把だ。

「二百円って、大金だ」

「またいちから選びなおせって言うの？　まさか隼太五百円きっかりしか持ってきてないわけじゃないでしょう」

「そりゃそうだけど」

「だったら、いいじゃない。せっかくのクリスマスプレゼントなんだから」

僕は反論するのをあきらめた。七百円はきついけど、靖子姉ちゃんが満足して閔下が喜ぶのだからいいことにしよう。

その後、靖子姉ちゃんは彼氏へのプレゼントにダウンジャケットを選んだ。神経質にダウンを選ぶ靖子姉ちゃんを見て、僕は少し胸が痛むような心地がした。

「うまくいってるの?」

「へ?」

「いや、その、彼氏と」

僕はぶら下がっているダウンに意味なく触れながら訊いた。

同類だと言ってた靖子姉ちゃんを置いて、自分だけ安全な場所に行ってしまっているのが、なんだか後ろめたかった。靖子姉ちゃんの状況を知ってるのに、自分のことは何も明かさず自分だけ助かっている。それが少し心苦しかった。

「うまくいってるのかな。クリスマスプレゼントを交換するくらいには」

「そっか。うん。まあ、よかった」

何がいいのかわからないけど、僕はそう言った。慎重にダウンを選んでいるということは靖子姉ちゃんは彼氏を好きでいるのだ。結局、僕には何も言えない。

「ありがと。隼太はセンスもいいし、優しいやつだ」

靖子姉ちゃんは黒のダウンを手にして言った。

「そんなことない」

「そんなことあるよ。まあ心配しないで。地雷を踏まない方法とか、そういうコツは摑んできたから。それにいざとなったら別れれば済むんだからさ」

「ああ、うん。そうだね」

ということは、まだまだこれからだな。靖子姉ちゃんはきっと僕よりそういうことがへたくそだ。ただ、大人だから僕より決定権はある。それが救いだ。

「でも、隼太、優しくたってケチなのがいただけないわ」

靖子姉ちゃんはカラリと笑った。

スナックローズに戻ると、お母さんに頼まれていた優ちゃんのプレゼントを見せた。濃いグレーのセーターとそれに合わせたマフラーだ。

「どう？」

「いいね」

お母さんがにこりとうなずくのを見て、僕はほっとした。自分で選べばいいのに、お母さんは「隼太からのプレゼントのほうが絶対優ちゃん喜ぶって」と言って聞かなかったのだ。

「いいデザインでしょう」

靖子姉ちゃんが偉そうに口を挟んだ。セーターには靖子姉ちゃんのアドバイスが八割くらい入っている。

「そうね。シンプルでいいんじゃない。優ちゃんに似合いそう」

お母さんは「意外に隼太、趣味いいじゃない」とも褒めてくれた。それならよかった。実はお母さんにも同じセーターを色違いで買ったのだ。お母さんと僕から優ちゃんにプレゼントを渡した後、お母さんにも同じものをプレゼントして大いにクリスマスを盛り上げる作戦だ。もちろん、こんな寒いこと僕は考えない。靖子姉ちゃんの入れ知恵だ。

「こんなことする中学生気持ち悪いよ」

と抗議してみたけど、七五三でも七夕でもなんだってイベント好きな靖子姉ちゃんは、

「想像以上に盛り上がるわよ。それに、すっかり家族になっちゃってるから、こういうときぐらい恋人っぽくしてあげないとね」

と、勝手にうきうきしていた。


クリスマスイブの日。関下と関下の家の近くの公園で待ち合わせた。

せっかくのクリスマスイブだというのに、クリスマスは基本家族と過ごすという関下家の風習のせいで、夕方の一時間しか一緒に過ごせる時間はなかった。

「本気で七面鳥焼いて、ケーキ作るもんだから、忙しいのよ。私、朝から飾り用のジン

ジャークッキーとか大量に作らされたんだから」

関下は僕の顔を見るなり、さんざん愚痴った。

「そりゃ大変だな」

「本当よ。まったく、誰のためにするんだろうね。ケンタッキーのチキンとローソンのケーキで十分なのに」

「関下の家って、ちゃんとしたクリスチャンなんだな」

「違うわよ。クリスマスが終わったら、次は正月に向けてバタバタするのよ。我が家は行事に踊らされてるの」

関下はようやくベンチにどかっと座り、僕も横に腰掛けた。

公園の木はほとんど葉を落としている。クリスマスイブだというのに、小さい公園は寒々しくひっそりしていた。空は三日続きの灰色で太陽はぼんやりしている。

「神田君の家は？」

「うちはたぶん、明日の朝にぱぱっとするくらいかな。朝じゃないとお母さんもいないし」

「いいねえ」

スナックはクリスマスは稼ぎどきだ。毎年僕は、クリスマスの日の朝にプレゼントをもらい、スナックで残ったケーキを食べる。今年は優ちゃんもいるから、ケンタッキーフライドチキンくらいは夕飯に食べるだろうけど。

「いいのかどうか。これ、クリスマスプレゼント」

僕は包みを渡した。

「ありがとう。わざわざユニクロまで行ってくれたんだ」

関下は早速包みを開けて、「うわあ、いろいろ入ってる。神田君って、趣味いいんだね」と、にこにこした。

関下からのプレゼントは、絵本だった。靖子姉ちゃんの言ったとおりだ。子犬が表紙に書かれている小さい絵本。そっか。僕はよく絵本を借りては読んでいたんだな。そんなことがずいぶん前のことのような気がした。

「気に入らなかった？」

僕が表紙を眺めていると、関下が首をかしげた。

「いや、ありがとう。うん、僕にちょうどいい」

僕はパラパラ本をめくってみた。犬と女の子の物語のようだ。ふんわりした絵に穏やかな字体で文が書かれている。

「ちょうどいいって？」

「いや、なんというか、僕、性格悪いから、こういう本を読むと心が休まりそうだ」

「何それ？　神田君って、そんなに性格悪いっけ？」

「ほら、すぐにいろんなこと切っちゃうだろ」

「切っちゃうって神田君が？」

関下がきょとんとして、僕はその反応にきょとんとした。人を傷つけるようなことを平気で言って、物事を勝手に切り上げる。それがクラスの中の僕のイメージじゃないのだろうか。

「神田君優しいじゃん」

「優しい？　まさか。そんなの初耳だ」

お世辞だとしても、僕に優しいなんて当てはめるのは見当違いだ。先輩の靴を捨て、若い先生を泣かして、人の気持ちを汲まずに判断する。それが僕だ。恋をすると何でもよく見えるとはよく言ったものだなと僕は一人で納得した。

「例えば、同じ班だってだけで延々と数学教えたりしないでしょう、普通」

「それ、自分のためだけど」

残念ながら、一次関数にはまってた。それだけのことだ。

「そういうのを今の世の中では優しいって言うのよ」

「良い時代だ」

僕は笑った。関下にそう思われているのなら、今度は自分のために絵本でも読んで、少し良い人間にならないとな。クリスマスのせいか、そんな殊勝なことを考えた。

「やばい、だんだん暗くなる」

関下は空を見上げた。

「本当だ。さっきまではほんの少し明るかったのにな」

僕も同じように顔を上げた。

「冬の夕方って、いつまでか判断するの難しいよね」

「じゃあ、ずっと夕方ってことにすればいいじゃん」

僕はベンチの上に置かれた関下の手に自分の手を重ねた。指先が僕の手より冷たい。手がひんやりしてちょっとドキドキした。

「うんそうだね……って、無理。お母さんきっと夕飯の準備でヒステリックになってるから、遅く帰ったら騒動になる」

関下が早口でそう言って、夕方が終わってしまう前にと、関下が持ってきてくれた人形の形をしたクッキーを僕たちは慌てて食べた。


「隼太ってさ、まだサンタって信じてたりするの？」

寝る前、テレビを見ていると優ちゃんが訊いてきた。

「は？」

「だから、サンタクロースっていると思う？」

「まさか。僕もう中二だよ。全国の中学二年生でサンタを信じてるのは、五人にも満たない」

「そうなのか」

「そうだよ。サンタは宇宙人よりも信用されてないんだ」

「最近の子どもってスレてるんだな」

優ちゃんは顔をしかめて笑った。

「そういうこと確かめる優ちゃんのほうが、おかしいよ」

優ちゃんは僕が信じていると言えば、こっそりプレゼントを枕元にでも置いたのだろうか。それを想像すると、笑えた。

「優ちゃんって、子ども好きなんだね。病院で治療してるの見ても思う」

昔はもっとクリスマスにはおもしろい番組をやっていた気がするのに、今はドラマと歌番組ばっかりだ。僕はいくつかチャンネルを変えてから、テレビを消した。

「そうだな」

「優ちゃん、本当の子ども欲しくないの？」

僕が訊くと、すぐに優ちゃんは目を丸くした。

「隼太は本当の子どもじゃないの？」

「本当の子どもではないだろう」

僕は卑屈になってるわけでもなく、素直に答えた。

「そうなのか」

「そうなのかって、優ちゃんが僕の父親みたいなのになって、まだ一年も経ってないし、血もつながってないじゃん。別にいやみで言ってるんじゃないよ。ほら、そうじゃなくて、正真正銘の子どもっていうか、お母さんとの間の子どもが欲しくならないのかってこと」

「それはないな」

優ちゃんは断言した。

「そうなんだ」

「変かな？」

「変じゃないけど、ちょっと意外」

お母さんも優ちゃんも子どもが好きそうだし、いずれは僕に妹か弟かできるのだろうと勝手に予測していた。

「実はぶっちゃけてしまうとさ、って、子どもにする話じゃないかな。まあ、でも、隼太中学二年だからＯＫだよね？」

優ちゃんは話し出してから、念を押した。

「中学二年だし、英検も漢検も四級持ってる」

優ちゃんが打ち明け話をするなんて珍しい。早く聞きたかった僕は何の足しにもならない資格を掲げた。

「ははは。じゃあ、大丈夫だ。実はさ、結婚してから、俺たち、一度もセックスしてないんだ」

「へ？」

告白の内容自体にも、そんなこと突然言い出す優ちゃんにも面食らって、僕はすっとぼけた声しか出なかった。

「あ、やっぱり変な話だった？」

優ちゃんは僕の反応に頭をかいた。

「いや、まあ、なんていうか。大丈夫だけど。でも、どうして？」

「どうしてっていうか、自信がないっていうか」

「何の自信だよ」

「ほら、まだ隼太とちゃんとなってないのに、これ以上障害があると、もっと難しくなるかなって。別に子どもが壁になるわけじゃないだろうけど。うまく言えないんだけど、他にまで手が回らないというか、まだ二人でいなきゃというか」

優ちゃんはたどたどしく答えた。

「でも、避妊とか方法があるじゃん」

「そんなの100%じゃないだろうし。万が一子どもが生まれたらと思うとダメっていうか、なんていうか、俺ってびびりなのかな」

優ちゃんの言うことはあやふやだし、おかしい。でも、言いたいことは、すごくわかる。

「もしかしてさ、優ちゃんセックスしてないからイライラしてキレてたんじゃないの？」

僕が茶化してみると、優ちゃんはさらに恥ずかしそうに笑った。

「まあ、でも、ほら、方法はあるだろう？」

「何それ、すごくやらしい」

その後、僕たちは二人で正真正銘の「男同士」の話をした。学校の性教育の授業で見せられたビデオがリアルすぎて笑っていたら先生に怒られたこと。関下のことが気になるけど、まったくそそられないこと。今日だっていい感じになったのに何一つ発展しなかったこと。二人でさんざんそんなことを話して、最後に「クリスマスにこんな話していいのかな」「やばいな。キリストにばち当てられる」「ごめんなさい神様」と二人して懺悔《ざんげ》した。

自分の部屋に戻ると、もう十二時を過ぎていた。イブからクリスマスになったのだ。窓の外を覗いてみると、やっぱりサンタの姿はなく、星も出ていない。冬の夜は本当に暗い。僕はなんとなくイエス・キリストに祈ってみた。サンタは信じてないけど、キリストはいそうな気がする。

「いやらしい話をしてごめんなさい。お誕生日おめでとう」

そう手を合わせて、僕は布団にもぐりこんだ。明日はきっと朝から生クリームのどっさり載った派手なケーキを食べないといけない。寝不足ではきついはずだ。

布団の中でゆっくりと身体を伸ばすと、自分の体温で少しずつベッドが温まっていくのを感じる。夜はとても静かで温かい。

16

「今年の正月はお母さんのところだけじゃなくて、優ちゃんの実家にも行こうよ」

今年も残り二日になった朝ご飯のとき、僕は申し出た。

夏休みにおじいちゃんに「正月も来いよ」と言われたし、きっとご馳走が待っている。それに、お母さんの実家にばかり行くのもおじいちゃんたちに悪い気がした。

「そうねえ」

「すごいいいところだよ。ねえ、優ちゃん」

「ああ、そうだな。隼太がそんなに気に入ってくれてるとは知らなかったけど」

スナックローズも神田歯科も休みになり、ゆったりした朝だ。だらだらとオムレツを食べ、パンを食べ、温かいカフェオレを飲んで過ごしていた。

「両方の実家に行くとなると、お正月バタバタするよ。優ちゃんも私も四日には仕事始まるし」

「そんなこと言ったら、僕だって六日には始業式だって」

お母さんは結婚してから優ちゃんの実家に行ったことがない。でも、おじいちゃんもおばあちゃんも歓迎してくれるはずだ。

「いいじゃん。どっちの実家にも一泊ずつ泊まれば。ぱぱっと行ってぱぱっとご馳走食べよう」

僕が勝手に計画を立てて、

「なぎさが来たら、きっと親父もお袋も喜ぶよ。結婚式以来だし」

と、優ちゃんも言った。

「それもいいかな。うん、そうしようか」

お母さんは静かに了承した。

「やったね」

「よし。じゃあ、その分、大掃除はしっかりやっておかなきゃ。当然、隼太もね」

お母さんはコーヒーをごくりと飲んで立ち上がった。

「はいはいって、口だけじゃなくてせめて自分の部屋はきれいにしなさいよ」

「はいはい」

「了解」

ご飯が片付くと、お母さんは台所の掃除にかかり、優ちゃんは窓掃除を始めた。久しぶりに太陽が出て、冬のきっぱりした空気を暖めている。お母さんいわく、大掃除日和らしい。

僕は窓を開け放って、自分の部屋の掃除に取り掛かった。

散らかしたつもりはなくても、滅多に掃除しないから、いらないものが溜まっている。机の中も押し入れもごちゃごちゃだ。僕はもう使えなくなった文房具やら、少し早いけどカレンダーやらをゴミ袋に入れた。捨てる作業は気持ちいい。だんだん勢いづいて、後二ページ残っているノートや、おまけでもらってとっておいたシールもゴミ袋に放り込んだ。引き出しの中がどんどんすっきりしていく。

これはどうだろう。

机の一番下の段。ここ何ヶ月か開けていない引き出しに僕は手をかけた。この奥、マンガの下にしっかりと隠されているノートと本がある。

もう捨てていいのだろうか。また頼る日が来るだろうか。

僕は優ちゃんとつけた虐待日記や虐待に関わる本を取り出した。

優ちゃんは長い間僕に襲い掛かっていない。我慢してるんじゃなくて、キレてない。口に出して確かめたわけじゃないし、大丈夫だと言える根拠はない。でも、きっとあんなことはもう起きない。そう。大丈夫だ。

「おごれるものは久しからず」世の中に常に続くものはないと、国語の教師も社会の教師も言っていた。人のすることは無常だって。だけど、それは努力しないからだ。平清盛も中国の偉い人たちも、続くために何もしなかった。

僕たちは慎重に毎日を積み上げてきた。絶対に失いたくないから、大事に大事に今の日を守っている。たくさん傷ついて、たくさん悲しんで、それでも、選んで進んできた。失敗を繰り返しながらも、二人で築いてきた。崩すわけにはいかないし、崩れることなんかあるわけがない。

僕は本とノートを頑丈にガムテープで止めて開かないようにし、新聞紙で包んでゴミ袋に突っ込んだ。そのとたん、気持ちが一気に晴れ晴れとした。

初めて殴られた日、眠れなかった夜。終わりなんか来るわけもなく、終わりの兆候なんてどこにも見えなかった。けれど、終わりはちゃんとやってきて、新しい光をつれてきてくれた。止まない雨はないなんて言葉、信用してなかった。だけど、心がすとんとクリアになるのがわかった。もうそこに新しい年までもが、やってきているのだ。

17

大晦日《おおみそか》の朝だった。昨日に引き続き晴れて、大掃除日和だ。まだまだ布団に入っていたかったけど、下はもう騒がしい。掃除が始まっているのだろう。だらだらしていては叱られる。今日は風呂掃除をするようにと言われていた。僕はよっこいしょと起き上がった。

部屋から出ると、お母さんの大きな声が聞こえてきた。ずいぶん感情的な口調。夫婦げんかなんて珍しい。朝から何だっていうんだろう。僕はのろのろと階段を降りた。下に行くと、机をはさんで優ちゃんとお母さんが立っていた。お母さんは僕に気づくと、

「隼太、どうして何も言ってくれなかったのよ」

と鋭い声で言った。目は赤くなっている。

「何もって、何が？」

ただならぬ雰囲気に僕は優ちゃんのほうを見た。まさか。今になって？　優ちゃんの顔で全てがわかった。

机の上には、僕が昨日捨てた本と日記が載っていた。丁寧にガムテープを貼って、開かないようにして捨てた物だ。へえ、そういう物を勝手に開くんだ。普段は何も見えないくせに。僕は心が冷えた。

「虐待してたってことでしょう」

お母さんが迫ったけど、優ちゃんは何も言わなかった。

「ひどい。許せないわ。出て行って。すぐによ」

お母さんは僕の手を引っ張った。僕を優ちゃんに近づけまいとしているのだ。姑息なぬくもりを持った手。

「荷物はあとで取りに来て。とにかくここから今すぐ消えて」

お母さんはヒステリックになっている。息子を傷つけられて許せないのだろう。その気持ちはわからなくはない。でも、お母さんは明らかに違っている。

「許せないなら、お母さんが出て行けばいいじゃん」

僕はお母さんの手を振りほどいた。

「どういうこと?」

お母さんは目に涙を浮かべながら僕を見つめた。

「今頃気づいてとやかく言うなよ」

「え?」

「僕と優ちゃんは一生懸命やってるんだ」

「隼太、何言ってるの？」

「僕が優ちゃんに殴られ始めたのはずっと前の話だよ。ずっと前から僕は何回も何回も殴られて、優ちゃんも何回も何回も苦しんだんだ。何も知らないくせに、今頃僕たちのことに口出しするなよ」

「隼太、自分が何されたかわかってるの？」

「わかってるよ。わかってて、それでも優ちゃんと一緒にいるんだ」

「おかしくなってるんじゃない？」

肩をゆするお母さんの腕を、僕は思いっきり払った。今は触れられたくない。

「僕は正気だよ。僕と優ちゃんでちゃんと解決したんだ。何もわからないのに勝手に入ってくるなよ」

「どういうことよ」

「何も知らなかったんだから、ほっといてくれたらいいんだって」

「ほっとけるわけがないでしょう？」

「じゃあ、お母さんに何ができるの？　何をしてくれるの？　あとから入ってきて騒ぐなよ」

僕は吐き捨てるように言った。

「何も話してくれなきゃ、どうしようもないじゃない。どうして話してくれなかったのよ」

「お母さんには関係ないからだ」

「どうしてよ。どうしてこんなことになるのよ」

お母さんはぺたりと床に座り込んだ。

「こんなこと？　だから、解決したって言ってるじゃん。終わってから割り込んできて、今更母親らしいこと言うなって」

「隼太……、そんな……」

お母さんは何も言わなくなり、嗚咽《おえつ》を漏らした。それでも、僕はかわいそうだとか、やめなくてはとは思えなかった。

「泣きたいことだったら、僕にだって山ほどあったよ。それでも、こうやって今日までやってきたんだ。どうやっても解決できないことがいっぱいあって、それでも優ちゃんとやってきたんだ。それを今知って、出て行けだとか、虐待してたとか簡単に言うなよ。母親ぶられたって、困るんだ」

「隼太、もうやめてくれ」

優ちゃんは、お母さんに次々言葉を投げつける僕に近づいて静かに言った。

「何でだよ」

「隼太、いいから。もうやめるんだ」

「は？　何言ってるの？　僕は嫌だよ。二人で一生懸命やったじゃない」

「いいんだ。隼太、ありがとう」

優ちゃんはとても穏やかに言った。優ちゃんはもう出て行く気でいる。

「ちょっと、待ってよ。何なんだよ、これ。おかしいじゃん。どうして、さんざん我慢して、やっと幸せになりそうなのに、今、壊さなきゃいけないんだよ。意味わかんない」

「いつかこうなる日が来るはずだったんだ」

「おかしい。どう考えたっておかしいよ。ねえ、優ちゃんがいなきゃだめだよ。やっとだよ。やっと、いろんなことが大丈夫になったのに」

「そうだな。でも、いったんちゃんと終わらせよう」

「そんなの嫌だって。いろんなことしてきたのに、全部無駄じゃん。絶対だめだ。こんなの。どう考えたって間違ってる」

僕はだんだん勢いづいて、小さい子がお菓子をねだるように泣き叫んでいた。

「そうだな」

優ちゃんはゆっくりうなずくだけだった。もう決めている。だから冷静でいられるんだ。

「何なんだよ。嫌だってば。僕はずっと我慢してきたんだ。ずっと耐えてきたんだ。それなのに、どうしてこんな目に遭わなきゃいけないんだ」

　僕は訴えては泣いた。驚くほど涙はとめどなく出て、言葉も溢れた。

　僕の横で、お母さんはただただ泣くだけだった。優ちゃんは静かに「そうだな」とか、「ごめんな」とか、「ありがとう」を繰り返していた。


「しばらく神田歯科で寝泊りしながら、アパート探そっかな。広めの病院にしておいてよかった」

　優ちゃんはすっきりした顔で言った。

「なんでそんなにご機嫌なんだよ」

「あやふやなまま解決したような気になっていたけど、ちゃんと崩れたほうがちゃんとやり直せる。そう思って晴れ晴れしてるんだ」

「あっそう」

　僕と優ちゃんは、ちょうど真ん中に太陽を掲げる低い空の下を二人で歩いた。昼間の空気はずいぶん暖められてはいるはずなのに、鼻先だとか指先だとかに当たる風は冷たい。

　結局、僕の願いは聞き入れられなかった。どうしたって、優ちゃんが出て行くという事実は覆らなかった。肝心の優ちゃんは僕の味方になってくれなかったし、お母さんはもう優ちゃんを見ようとさえしなかった。

「隼太はまだ怒ってるの？」

「別に」

「一番大事なものを傷つけられたんだ。なぎさが許せないのは当然だよ」

「わかってるって」

そんなこと僕だってわかってる。

お母さんはあの後、何も言葉を発せず、座り込んだまま動こうともしなかった。優ちゃんは何時間もかけて僕を説得した。僕は納得できたわけじゃない。お母さんが正しいとも思わない。でも、

「ちょっと見送りに行くだけだよ」

優ちゃんが出て行くのと同時に、立ち上がった僕を不安そうに見上げるお母さんに、そう言っていた。

「あーあー。僕は二度も父親を失った」

「いやいや、俺は死んでないよ」

優ちゃんは笑った。

「出て行くなら、死んだも同然だ」

「残酷だな」

「どうしたらいいんだろ。たんぱく質でも食べて、マンガでも読んで、帰ってきてくれって毎日日記に書けばいいのかな」

僕は投げやりに言った。

「隼太は待っててくれたらいいよ。俺、本当に絶対大丈夫だって言い切れるようになって、なぎさの信用取り戻すよ。心療内科に行ったっていいし、カウンセリングだって受けてもいいし、なぎさに土下座したって、何度謝ったっていい。なんでもする。隼太が俺にしてくれたように」

優ちゃんは力強く言った。

「じゃあ、僕はどうしようかな。何もやることなしに待ってるのも辛気臭いしな」

「隼太はさ、なぎさのこと頼むよ」

「やだよ。僕、反抗期だから」

「それはまた別だろ?」

「そうだけど」

「だったら、頼むね」

「ああ」

僕はしぶしぶうなずいた。僕は新しくやってきた優ちゃんに必死で、お母さんのことを少しないがしろにしていたのかもしれない。優ちゃんはお母さんと愛し合ったからこそ、僕の家にやってきた。僕はお母さんに育てられてきたからこそ、優ちゃんとめぐり合った。それを忘れていたのかもしれない。

「ちゃんと戻ってくるよね？」

僕は念を押した。

「もちろん」

「早くしてよ。僕が年とってから戻ってきてもあんまり意味ないから」

「そう？」

「そりゃそうだよ。二十歳とかになったら父親なんかあんまり必要なくなっちゃうから。優ちゃんだって二十歳になった息子なんて厄介なだけだろう」

「確かに。でもさ。二十歳の息子はいらなくても、何歳でも隼太は必要だから。親子かどうかって聞かれると、どう答えていいかわからないけど、隼太は俺にとって一番、正真正銘、大事なやつだよ。だから、戻ってくる」

僕だってそうだ。父親がいなくても明日はやってきた。だけど優ちゃんがいないと闇は明けなかった。

ゆっくり歩いていたつもりなのに、神田歯科が見えてきた。病院のあたりは誰一人歩いていない。今日は大晦日なのだ。

「本当は虫歯作りまくって治療に通いまくりたいとこだけど、僕、めちゃくちゃ歯磨きするよ」

僕は歯医者の建物を見上げたままで言った。

「やわらかめの歯ブラシでね」

優ちゃんがまぶしそうに太陽に目を細めて、微笑んだ。

「さ、寒くなるし。早く戻りなよ」

言うことを探そうとしている僕に、優ちゃんは言った。

「優ちゃんもね」

「もちろん」

優ちゃんはゆったりとうなずいた。

大掃除日和の太陽も少し西に傾き始めている。また静かで温かい夜がやってくるのだ。

本書は二〇一〇年二月、筑摩書房より刊行されました。

解説　隼太の明日を照らす「光」とは何なのか

岩宮恵子

これは、虐待をテーマにした作品なのだろうか。

幼い頃から育ててくれている保護者から与えられる暴力は、守られることと虐《しいた》げられることが渾然一体となっているので、愛憎は複雑になる。虐待を受けている子が、自分は虐待を受けているわけではないと言い張ることも多い。ぎりぎりの自尊心と親を守りたい気持ちがそう言わせるのである。しかし、それと同じラインで隼太の言動を理解しようと思っても、何かが違う。

思春期に突然、家庭に入ってきた優ちゃんに理不尽な暴力を受けているのに、隼太があんなにも彼に愛着を覚えたのはなぜだろう。いくらひとりの夜がキツイからといっても、あそこまで必死に、どんなことよりも優先して、ほとんど命がけというような勢いで、自分に暴力を与えてくる優ちゃんをかばうのは、どうしてなのだろう。また、ふたりで力を合わせて暴力衝動をコントロールしようとする地道な努力を続け、そしてそれが叶っていくことをどう考えたらいいのだろうか。

思春期は子どもとしての自分が一度、死んで、大人として生まれ変わる激動の時期である。そして親の言う通りの価値観をそのまま受け入れ、親の与える世界がすべてなのだと思いながら生きていた子どもの意識のあり方から、自己意識が芽生え、自分の意志で判断することができるようになる重要な時期でもある。

この自己意識の芽生えというのは、すばらしい成長の証である。しかしそれとともに、自分自身がどういう人間なのかということに厳しい査定の目を向けるようになり、自己嫌悪との闘いも始まる。また親の人間としての弱さに気づいたり、自分よりもはるかに鈍くておおざっぱな感覚や乏しい想像力しか持っていないように感じて、失望してしまうこともある。

「お母さんのまっすぐな大らかさは、いつも僕を救ってくれる。どろどろした僕のいやらしい部分には、目を向けずにいてくれる。スカッとして何でも余裕でやってしまえる男の子。そうありたいと思っている僕どおりに、僕を受け止めてくれる。お母さんが僕に疑いを抱かずにいてくれるからこそ、僕は優ちゃんを失わずにいられるのだ。純粋さはすばらしいし、手放しで信じてもらえることはありがたい。だけど、まっすぐさは愚かさでもある」。

この隼太の言葉は、隼太自身が自分のなかにある「どろどろしたいやらしい部分」という「悪」に気がつき始めたときに、自分のことを「スカッとして何でも余裕でやってしまえる」いい子だとシンプルに思い続けている母親に対して、ありがたいと思う反面、見下すような感覚が生まれているのがよくわかる。親の考えの及ばないところに、自分だけのこころの秘密が生まれてきているのだ。それこそが、自分が自分であるという拠り所になる自己意識である。そして隼太にとって、何よりも母に対して守らねばならない大きな秘密は、優ちゃんからひどい暴力を受けているということである。その秘密を守ることは彼にとって自分が自分であるために、何よりも必要なことになっている。

「悪」というのは何なのだろう。何かの得になることがあるから「悪」をなすというのなら、まだわかる。お金が欲しいから盗みをするとか、相手が憎くてたまらないから殴るというような因果関係がはっきりしている「悪」であれば、まだ納得できる。ところが、自分にとっても誰にとっても利益になり得ないのに、いや、それどころかマイナスだということがわかりきっているのに、人は破壊的な「悪」をなしてしまうことがある。

優ちゃんもそうだ。隼太を殴ったあとには、大きな罪悪感を抱いて苦しむことになるし、大事な関係が壊れてしまう不安に押しつぶされそうになることがわかっているのに、その暴力を止めることはできない。

また、慎重に積み重ねられている「善」のなかにも、意図せず、ひとを苦しめる「悪」は忍び込む。母は、昼も夜も一生懸命働いて必死で隼太を育てている。どんなに忙しくても栄養のバランスのとれた食事を用意し、隼太のことを大事にしてくれている。これは、もう「善」としか言いようがないだろう。しかし、理不尽にひとを苦しめるものを「悪」というのならば、その「善」のなかにも「悪」は入り込む。隼太はたったひとりで眠れない恐怖と闘っていた夜をずっと抱えこんでいる。隼太はそのことを、自分のために働いてくれている「善」なる母に訴えることができない。甘える余地がないほどの「善」に圧倒されてひとりきりの夜を過ごす孤独に比べたら、優ちゃんの暴力など、隼太にとっては全然、ましなことなのだ。

仕方なく味わわざるを得ない孤独と、理不尽な暴力。善のなかに潜み、誰にも気づかれないなかでじわじわと自分を蝕《むしば》む孤独という「悪」よりも、身体に直接的に働きかけてくる、あきらかな暴力という「悪」のほうが、隼太にとってはずっと立ち向かいやすい、こころの敵だったのである。

隼太の母は、善人であるが、善人であるがゆえに、自分が「悪」をなす側に立つことがあるなどということは思いもしない。そして「悪」を自分の身の内に抱えて苦しんでいるひとのことなど、理解できない。それが、隼太の一番の孤独だったのではないだろうか。立ち向かわねばならない手強い「悪」は、隼太のなかにも存在している。だからこそ彼は、優ちゃんと一緒に暴力という「悪」をどうやってコントロールしていくのかという問題に必死に取り組んでいたのだろう。それは、優ちゃんだけの問題ではなく、隼太自身の問題でもあったのだ。

自分の身の内に巣くう「悪」に苦しみ、葛藤《かっとう》する優ちゃんと出会うことで、やっと隼太は息をつくことができたのだろう。優ちゃんを許すことで、隼太は自分を許そうとしていたように思う。「悪」を自分の身の内に引き受けていくことこそが、ふたりが直面している最大のテーマなのだ。ふたりとも、ひとに「やさしくする」ことはできるが、それは自分自身の本質的な「善」から来ているものではないことを良く知っている。そういう意味で、優ちゃんと隼太はとても似ている。まるで、もうひとりの自分のようにふたりは似ているのだ。相手から嫌われることは、自分自身を完全に否定することにもなってしまう。だから、世の中の誰から嫌われたとしても、相手からだけは絶対に嫌われたくないとふたりとも強く思っているのである。

良いところしかないひとと関係を継続していくのは、難しいことではない。母は、隼太のことをスカッとしたよい子だというイメージで見ている限り、彼を愛していくことは楽にできる。しかし、それは隼太にとってありがたいことである反面、自分の半分を否定されているような複雑な感覚にもつながっていく。このようなことに気がつくのも隼太の自己意識が目覚めてきたからだ。隼太と母の関係を、「悪」を含んだうえで、今までとは違うレベルでもう一度結び直すためにも、理不尽な暴力というとてつもない「悪」を、この家族は一度、抱え込むことが必要だったのではないだろうか。

「悪」は、決して歓迎すべきものではない。一歩間違えば、取り返しのつかないことになってしまう危険も大きい。しかし「悪」を身の内に抱えながらも、それを制御していくための努力を惜しまない大人が思春期の子どもに真摯に関わるとき、それは子どもの未来を照らす光になる。隼太の心と身体を守るために母は必死になっているが、深いところで隼太の魂を救っているのは、優ちゃんなのである。そこに「悪」の両義性を感じる。

身の内にある「悪」は、自分が完全な「善」ではありえない、限界をもった存在であるという自覚を、厳しく促してくる。その自覚を持つことができたとき、「悪」は、関係を断つものでなく、深いつながりを生むものとして、両義的な姿を見せてくれるのだ。

この作品は、虐待について書かれたものではない。「悪」の両義性について書かれた壮大な物語なのである。

（いわみや・けいこ　臨床心理士）

沈黙博物館　小川洋子
「形見じゃ」老婆は言った。死の完結を阻止するために形見が盗まれる。死者が残した断片をめぐるやさしくスリリングな物語。（堀江敏幸）

星間商事株式会社社史編纂室　三浦しをん
二九歳「腐女子」川田幸代、社史編纂室所属。恋の行方も友情の行方も五里霧中。仲間と共に「同人誌」を武器に社の秘められた過去に挑む!?（金田淳子）

つむじ風食堂の夜　吉田篤弘
それは、笑いのこぼれる夜。——食堂は、十字路の角にぽつんとひとつ灯をともしていた。クラフト・エヴィング商會の物語作家による長篇小説。

通天閣　西加奈子
このしょーもない世の中に、救いようのない人生に、ちょっぴり暖かい灯を点す驚きと感動の物語。第24回織田作之助賞大賞受賞作。（津村記久子）

この話、続けてもいいですか。　西加奈子
ミッキーこと西加奈子の目を通すと世界はワクワク、ドキドキ輝く。いろんな人、出来事、体験がてんこ盛りの豪華エッセイ集！（中島たい子）

君は永遠にそいつらより若い　津村記久子
22歳処女。いや「女の童貞」と呼んでほしい——。日常の底に潜むうっすらとした悪意を独特の筆致で描く。第21回太宰治賞受賞作。（松浦理英子）

アレグリアとは仕事はできない　津村記久子
彼女はどうしようもない性悪だった。すぐ休み単純労働をバカにし男性社員に媚を売る。大型コピー機とミノベとの仁義なき戦い！（千野帽子）

まともな家の子供はいない　津村記久子
セキコには居場所がなかった。うちには父親がいる。うざい母親、テキトーな妹。まともな家なんてどこにもない！　中3女子、怒りの物語。（岩宮恵子）

こちらあみ子　今村夏子
あみ子の純粋な行動が周囲の人々を否応なく変えていく。第26回太宰治賞、第24回三島由紀夫賞受賞作。書き下ろし「チズさん」収録。（町田康／穂村弘）

さようなら、オレンジ　岩城けい
オーストラリアに流れ着いた難民サリマ。言葉も不自由な彼女が、新しい生活を切り拓いてゆく。第29回太宰治賞受賞・第150回芥川賞候補作。（小野正嗣）

冠・婚・葬・祭　中島京子

人生の節目に、起こったこと、出会ったひと、考えたこと。冠婚葬祭を切り口に、鮮やかな人生模様が描かれる。第143回直木賞作家の代表作。（瀧井朝世）

とりつくしま　東直子

死んだ人に「とりつくしま係」が言う。モノになってこの世に戻れますよ。妻は夫のカップに弟子は先生の扇子になった。連作短篇集。（大竹昭子）

虹色と幸運　柴崎友香

珠子、かおり、夏美。三〇代になった三人が、人に会い、おしゃべりし、いろいろ思う一年間。移りゆく季節の中で、日常の細部が輝く傑作。（江南亜美子）

星か獣になる季節　最果タヒ

推しの地下アイドルが殺人容疑で逮捕⁉ 僕は同級生のイケメン森下と真相を探るが――。歪んだピュアネスが傷だらけで疾走する新世代の青春小説！

ピスタチオ　梨木香歩

棚(たな)がアフリカを訪れたのは本当に偶然だったのか。不思議な出来事の連鎖から、水と生命の壮大な物語「ピスタチオ」が生まれる。（管啓次郎）

図書館の神様　瀬尾まいこ

赴任した高校で思いがけず文芸部顧問になってしまった清(きよ)。そこでの出会いが、その後の人生を変えてゆく。鮮やかな青春小説。（山本幸久）

マイマイ新子　髙樹のぶ子

昭和30年山口県国衙。きょうも新子は妹や友達と元気いっぱい。戦争の傷を負った大人、変わりゆく時代、その懐かしく切ない日々を描く。（片渕須直）

話虫干　小路幸也

夏目漱石「こころ」の内容が書き変えられた！ それは話虫の仕業。新人図書館員が話の世界に入り込み、「こころ」をもとの世界に戻そうとするが……。

包帯クラブ　天童荒太

傷ついた少年少女達は、戦わないかたちで自分達の大切なものを守ることにした。生きがたいと感じるすべての人に贈る長篇小説。大幅加筆して文庫化。

うれしい悲鳴をあげてくれ　いしわたり淳治

作詞家、音楽プロデューサーとして活躍する著者の小説&エッセイ集。彼が「言葉」を紡ぐと誰もが楽しめる「物語」が生まれる。（鈴木おさむ）

命売ります　三島由紀夫

自殺に失敗し、「命売ります。お好きな目的にお使い下さい」という突飛な広告を出した男のもとに、現われたのは？（種村季弘）

三島由紀夫レター教室　三島由紀夫

五人の登場人物が巻き起こす様々な出来事を手紙で綴る。恋の告白・借金の申し込み・見舞状等、一風変ったユニークな文例集。（群ようこ）

コーヒーと恋愛　獅子文六

恋愛は甘くてほろ苦い。とある男女が巻き起こす恋模様をコミカルに描く昭和の傑作が、現代の「東京」によみがえる。（曽我部恵一）

七時間半　獅子文六

東京—大阪間が七時間半かかっていた昭和30年代、特急「ちどり」を舞台に乗務員とお客たちのドタバタ劇を描く隠れた名作が遂に甦る。（千野帽子）

悦ちゃん　獅子文六

ちょっぴりおませな女の子、悦ちゃんがのんびり屋の父親の再婚話をめぐって東京中を奔走するユーモアと愛情に満ちた物語。初期の代表作。（窪美澄）

笛ふき天女　岩田幸子

旧藩主の息女に生まれ松方財閥に嫁ぎ、四十歳で作家獅子文六と再婚。夫、文六の想い出と天女のような純真さで爽やかに生きた女性の半生を語る。

青空娘　源氏鶏太

主人公の少女、有子が不遇な境遇から幾多の困難にぶつかりながらも健気にそれを乗り越え希望を手にする日本版シンデレラ・ストーリー。（山内マリコ）

最高殊勲夫人　源氏鶏太

野々宮杏子と三原三郎は家族から勝手な結婚話を迫られるも協力してそれを回避する。しかし徐々に惹かれ合うお互いの本当の気持ちは……。（千野帽子）

カレーライスの唄　阿川弘之

会社が倒産した！　どうしよう。美味しいカレーライスの店を始めよう。若い男女の恋と失業と起業の奮闘記。昭和娯楽小説の傑作。（平松洋子）

せどり男爵数奇譚　梶山季之

せどり＝掘り出し物の古書を安く買って高く転売することを業とすること。古書の世界に魅入られた人々を描く傑作ミステリー。（永江朗）

飛田ホテル 黒岩重吾
刑期を終えたやくざ者に起きた妻の失踪を追う表題作など、大阪のどん底で交わる男女の情と性。直木賞作家の傑作ミステリ短篇集。（難波利三）

あるフィルムの背景 結城昌治 日下三蔵編
普通の人間が起こす歪んだ事件、そこに至る絶望を描き、思いもよらない結末を鮮やかに提示する。昭和ミステリの名手、オリジナル短篇集。

赤い猫 仁木悦子 日下三蔵編
爽やかなユーモアと本格推理、そしてほろ苦さを少々。日本推理作家協会賞受賞の表題作ほか〈日本のクリスティー〉の魅力をたっぷり堪能できる傑作選。

兄のトランク 宮沢清六
兄・宮沢賢治の生と死をそのかたわらでみつめ、兄の死後も烈しい空襲や散佚から遺稿類を守りぬいてきた実弟が綴る、初のエッセイ集。

落穂拾い・犬の生活 小山清
明治の匂いの残る浅草に育ち、純粋無比の作品を遺して短い生涯を終えた小山清。いまなお新しい、清らかな祈りのような作品集。（三上延）

真鍋博のプラネタリウム 真鍋博 星新一
名コンビ真鍋博と星新一。二人の最初の作品『おーい でてこーい』他、星作品に描かれた挿絵と小説冒頭をまとめた幻の作品集。（真鍋真）

熊撃ち 吉村昭
人を襲う熊、熊をじっと狙う熊撃ち。大自然のなかで、実際に起きた七つの事件を題材に、孤独で忍耐強い熊撃ちの生きざまを描く。

川三部作 泥の河／螢川／道頓堀川 宮本輝
太宰賞「泥の河」、芥川賞「螢川」、そして「道頓堀川」と、川を背景に独自の抒情をこめて創出した、宮本文学の原点をなす三部作。

私小説 from left to right 水村美苗
12歳で渡米し滞在20年目を迎えた「美苗」。アメリカにも溶け込めず、今の日本にも違和感を覚え……。本邦初の横書きバイリンガル小説。

ラピスラズリ 山尾悠子
言葉の海が紡ぎだす、〈冬眠者〉と人形と、春の目覚めの物語。不世出の幻想小説家が20年の沈黙を破り発表した連作長篇。補筆改訂版。（千野帽子）

尾崎翠集成（上・下）　尾崎翠／中野翠 編

鮮烈な作品を残し、若き日に音信を絶った謎の作家・尾崎翠。時間と共に新たな輝きを加えてゆくその文学世界を集成する。

クラクラ日記　坂口三千代

戦後文壇を華やかに彩った無頼派の雄・坂口安吾との、嵐のような生活を妻の座から愛と悲しみをもって描く回想記。巻末エッセイ＝松本清張

貧乏サヴァラン　森茉莉／早川暢子 編

オムレット、ボルドオ風茸料理、野菜の牛酪煮……。食いしん坊茉莉は料理自慢。香り豊かな〝茉莉ことば〟で綴られる垂涎の食エッセイ。文庫オリジナル。

紅茶と薔薇の日々　森茉莉／早川茉莉 編

天皇陛下のお菓子に洋食店の味、庭に実る木苺……森鷗外の娘にして無類の食いしん坊、森茉莉が描く懐かしく愛おしい美味の世界。（辛酸なめ子）

ことばの食卓　武田百合子／野中ユリ・画

なにげない日常の光景やキャラメル、枇杷など、食べものに関する昔の記憶と思い出を感性豊かな文章で綴ったエッセイ集。（種村季弘）

遊覧日記　武田百合子／武田花・写真

行きたい所へ行きたい時に、つれづれに出かけてゆく。一人で。または二人で。あちらこちらを遊覧しながら綴ったエッセイ集。（巌谷國士）

わたしは驢馬に乗って下着をうりにゆきたい　鴨居羊子

新聞記者から下着デザイナーへ。斬新で夢のある下着を世に送り出し、下着ブームを巻き起こした女性起業家の悲喜こもごも。（近代ナリコ）

私はそうは思わない　佐野洋子

佐野洋子は過激だ。ふつうの人が思うようには思わない。大胆で意表をついたまっすぐな発言をする。だから読後が気持ちいい。（群ようこ）

神も仏もありませぬ　佐野洋子

還暦……もう人生おりたかった。でも春のきざしの蕗の薹に感動する自分がいる。意味なく生きても人は幸せなのだ。第3回小林秀雄賞受賞。（長嶋康郎）

老いの楽しみ　沢村貞子

八十歳を過ぎ、女優引退を決めた著者が、日々の思いを綴る。齢にさからわず、「なみ」に、気楽に、と過ごす時間に楽しみを見出す。（山崎洋子）

遠い朝の本たち　須賀敦子
一人の少女が成長する過程で出会い、愛しんだ文学作品の数々を、記憶に深く残る人びとの想い出とともに描くエッセイ。（末盛千枝子）

おいしいおはなし　高峰秀子編
向田邦子、幸田文、山田風太郎……著名人23人の美味な思い出。文学や芸術にも造詣が深かった往年の大女優・高峰秀子が厳選した珠玉のアンソロジー。

るきさん　高野文子
のんびりしていてマイペース、だけどどっかヘンテコな、るきさんの日常生活って？　独特な色使いが光るオールカラー。ポケットに一冊どうぞ。

それなりに生きている　群ようこ
日当たりの良い場所を目指して仲間を蹴落とすカメ、迷子札をつけているネコ、自己管理している犬。文庫化に際し、二篇を追加して贈る動物エッセイ。

うつくしく、やさしく、おろかなり　杉浦日向子
生きることを楽しもうとしていた江戸人たち。彼らの紡ぎ出した文化にとことん惚れ込んだ著者がその思いの丈を綴った最後のラブレター。（松田哲夫）

ねにもつタイプ　岸本佐知子
何となく気になることにこだわる、ねにもつ。思索、奇想、妄想はばたく脳内ワールドをリズミカルな名短文でつづる。第23回講談社エッセイ賞受賞。

回転ドアは、順番に　穂村弘　東直子
ある春の日に出会い、そして別れるまで。気鋭の歌人ふたりが、見つめ合い呼吸をはかりつつ投げ合う、スリリングな恋愛問答歌。（金原瑞人）

絶叫委員会　穂村弘
町には、偶然生まれては消えてゆく無数の詩が溢れている。不合理でナンセンスで真剣だからこそ可笑しい、天使的な言葉たちへの考察。（南伸坊）

杏のふむふむ　杏
連続テレビ小説「ごちそうさん」で国民的な女優となった杏が、それまでの人生を、人との出会いをテーマに描いたエッセイ集。（村上春樹）

月刊佐藤純子　佐藤ジュンコ
注目のイラストレーター（元書店員）のマンガエッセイが大増量してまさかの文庫化！　仙台の街や友人との日常を描く独特のゆるふわ感はクセになる！

現代語訳 舞姫　森鷗外　井上靖訳

古典となりつつある鷗外の名作を井上靖の現代語訳で読む。無理なく作品を味わうための語注・資料を付す。原文も掲載。監修＝山崎一穎

こころ　夏目漱石

友を死に追いやった「罪の意識」によって、ついには人間不信にいたる悲惨な心の暗部を描いた傑作。詳しく利用しやすい語注付。（小森陽一）

英語で読む 銀河鉄道の夜（対訳版）　宮沢賢治　ロジャー・パルバース訳

"Night On The Milky Way Train"（銀河鉄道の夜）賢治文学の名篇が香り高い訳で生まれかわる。文庫オリジナル。井上ひさし氏推薦。（高橋康也）

百人一首　鈴木日出男

王朝和歌の精髄、百人一首を第一人者が易しく解説。現代語訳、鑑賞、作者紹介、語句・技法を見開きにコンパクトにまとめた最良の入門書。

今昔物語　福永武彦訳

平安末期に成り、庶民の喜びと悲しみを今に伝える今昔物語。訳者自身が選んだ155篇の物語は名訳を得て、より身近に蘇る。（池上洵一）

私の「漱石」と「龍之介」　内田百閒

師・漱石を敬愛してやまない百閒が、おりにふれて綴った師の行動と面影とエピソード。さらに同門の友、芥川との交遊を収める。（武藤康史）

阿房列車 ——内田百閒集成1　内田百閒

「なんにも用事がないけれど、汽車に乗って大阪へ行って来ようと思う」。上質のユーモアに包まれた、紀行文学の傑作。（和田忠彦）

教科書で読む名作 夏の花ほか 戦争文学　原民喜ほか

表題作のほか、審判（武田泰淳）／夏の葬列（山川方夫）／夜（三木卓）など収録。高校国語教科書に準じた傍注や図版付き。併せて読みたい名評論も。

名短篇、ここにあり　北村薫　宮部みゆき編

読み巧者の二人の議論沸騰し、選びぬかれたお薦め小説12篇。となりの宇宙人／冷たい仕事／隠し芸の男／少女架刑／あしたの夕刊／網／誤訳ほか。

猫の文学館Ⅰ　和田博文編

寺田寅彦、内田百閒、太宰治、向田邦子……いつの時代も、作家たちは猫が大好きだった。猫の気まぐれに振り回されている猫好きに捧げる47篇!!

ちくま文庫

僕《ぼく》の明日《あした》を照《て》らして

二〇一四年 二月 十日 第一刷発行
二〇二四年十一月十五日 第五刷発行

著者 瀬尾まいこ（せお・まいこ）

発行者 増田健史
発行所 株式会社 筑摩書房
東京都台東区蔵前二―五―三 〒一一一―八七五五
電話番号 〇三―五六八七―二六〇一（代表）
装幀者 安野光雅
印刷所 中央精版印刷株式会社
製本所 中央精版印刷株式会社

ISBN978-4-480-43141-7 C0193